古典モノ語り

山本淳子

笠間書院

はじめに

今も昔も、私たちの生活は物と共にあります。物は人を取り巻く森羅万象であり、人がそれらを何かの目的で使う時、道具となります。平安時代の記録や文学作品を繙《ひもと》いてみても、そこにはどれだけ多くの、また多種多様な物や道具たちが登場することでしょう。

例えば、『枕草子』。「うつくしきもの」の章段は高校の教科書にもしばしば取り上げられ、よく知られています。その冒頭に掲げられているのが、「瓜にかきたるちごの顔」です。子供の顔をかいた瓜、それが見た目に可愛いのは理解できるとして、一体何のための絵なのか。儀礼の具とも、何か宗教的な意味があるのかとも思われて、私には長く謎でした。が、研究者となって様々な作品や注釈書を目にした時、同じ平安時代の歌人・大中臣能宣《おおなかとみのよしのぶ》の和歌集に「小さき瓜に顔かきて」客人が女房に寄越したという一節（258ジペー）に出会って、当時瓜を贈る時に戯《たわむ》れに顔をかくことがあったと知りました。それでようやく、清少納言も日常生活の中でこうした瓜をやりとりしたのだ、きっと可愛いと笑ったりもしたのだろうと、自信を持って推測できるようになったのです。

また、『伊勢物語』。この物語の名のもととなった第六十九段「狩の使」章段には、伊勢斎宮恬子と在原業平《ありわらのなりひら》の哀しい恋が記されます。思いがけない一夜の出来事の翌晩、伊勢の守が催した徹夜の宴のために二人は再びの逢瀬を持つことができず、男は人知れず涙を流します。そこへ斎宮の方から「盃の皿に歌を書きて出だしたり」と、和歌の上の句を書き付けた酒杯が登場します。男は宴会場の松明《たいまつ》の燃え残りを使って下の句を書き加えました。この盃はどのような物だったのか。物語を読むだけでも多少の推測はつきます。が、二〇一一年、京都市右京区で行われた平安京右京三条一坊六・七町（藤原良相《ふじわらのよしみ》邸西三条第）跡発掘調査現場から出土した遺物の中には夥《おびただ》しい数の墨書土器があり、中には盃の皿部分に文字を書き付けたものもありました（２５４ページ図15－1、15－2・２５５ページ図15－3）。その細かい字を実際に目の当たりにしたとき、『伊勢物語』で暗い灯りのなか盃ひとつに心を託して一心に歌を書き付けた斎宮と男の思いが、ありありと胸に迫ってきました。

　本書は、このような平安時代の物にスポットライトをあてました。記録や作品の中に物や道具が現れる時、それらは、一つには場面の主役とはなりにくいこと、一つには時代を経てしまってわかりにくいことから、えてして読み飛ばされがちではないでしょうか。が、立ち止まって読んでみれば、『枕草子』の瓜や『伊勢物語』の墨書盃のように、ささやかではあれそれぞれに記録や作品の世界の一角を構成し、時には欠かすことのできない大きな存在として描かれていることもあります。それは、著者や作者たちがそれら物たちと共に暮らし、使い、心を託していたからです。私たちがスマートフォンを使い、グラスを傾け、夜はベッドに横たわる時、そこにそれぞれの思いがあることと同じです。

そこで、記録や作品を横断して、物たちが登場する場面を拾い上げ、説明を施すとともに、その物たちが負っている意味や思いについて考察しました。どこからでも気軽に開いて下さい。読み始めれば物たちは小さな声ながら雄弁に語り、時空を超えた世界へといざなってくれることでしょう。

なお、本書が扱った記録や作品については、巻末にその概要を記しました。物たちは脇役として登場することが多く、本文内ではストーリー全体を紹介することができない場合がほとんどです。そこで、概要を参考に作品そのものを手に取っていただければと考えたものです。本書が物を入り口にした古記録・作品案内となればと思います。

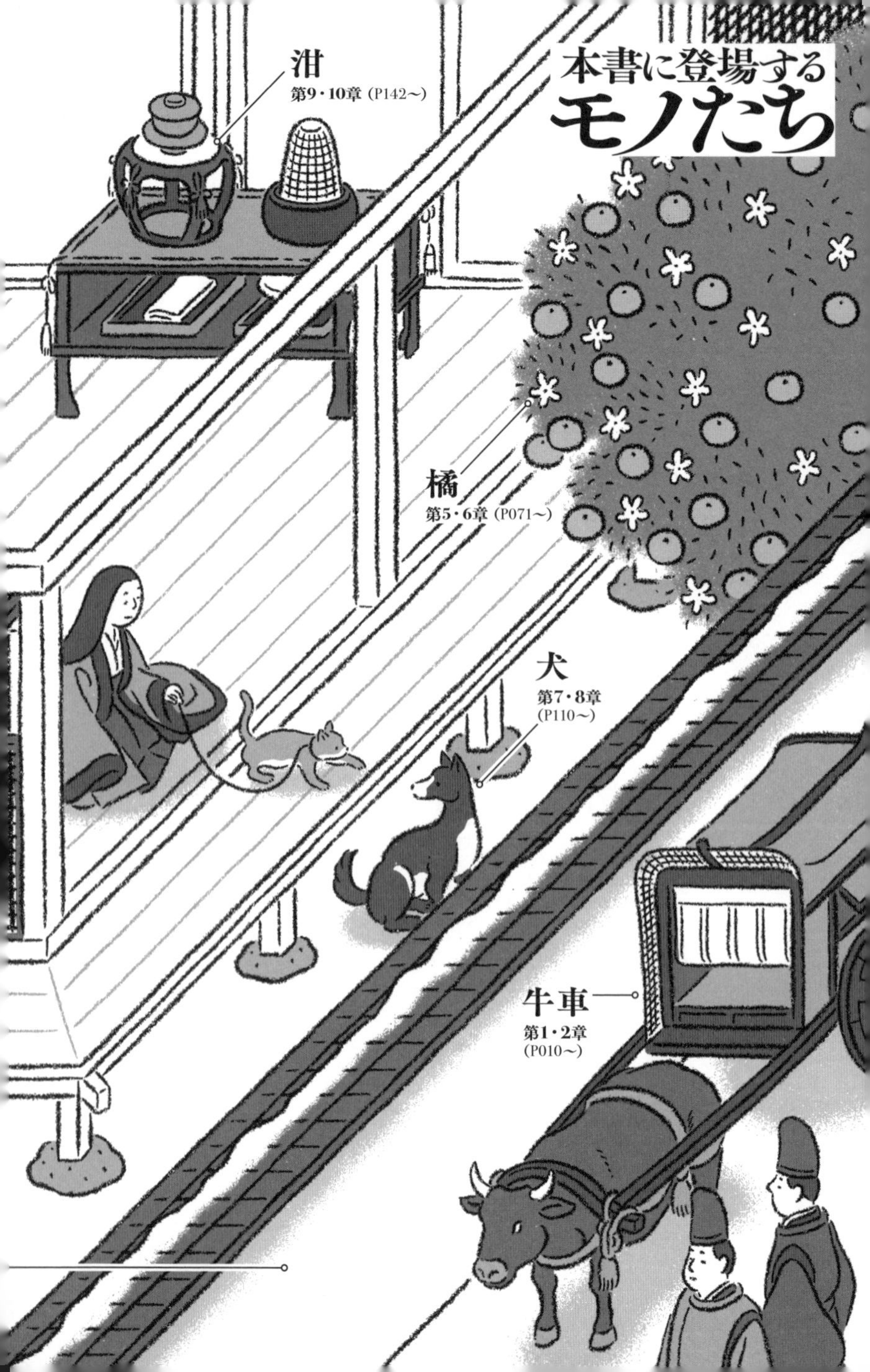
本書に登場する
モノたち
柑
第9・10章（P142〜）
橘
第5・6章（P071〜）
犬
第7・8章
(P110〜)
牛車
第1・2章
(P010〜)

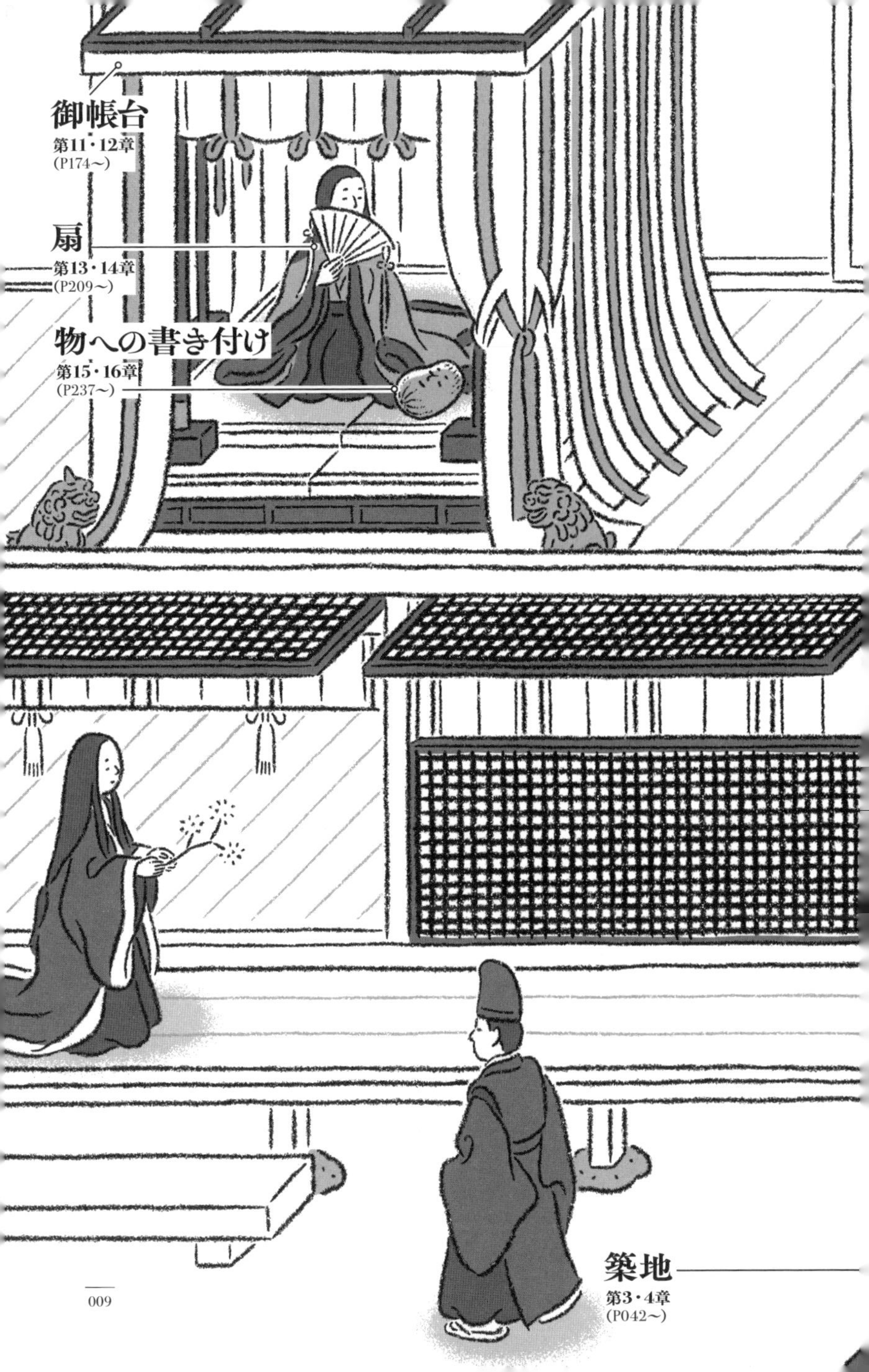
御帳台
第11・12章
(P174〜)
扇
第13・14章
(P209〜)
物への書き付け
第15・16章
(P237〜)
築地
第3・4章
(P042〜)

第1章

走る

牛車《ぎっしゃ》 1

牛車の風景

牛車とは、牛に牽《ひ》かせた移動用の車である。本体は車輪と荷台、そして人が乗る屋形部分からなり、これに轅《ながえ》と呼ばれるコの字型の柄を付けて、牛に牽かせた。都大路を牛車でお出かけ、というのは平安京だけの風景だったらしい。奈良時代、平城京においてはまだ乗り物用の牛車は発達せず、平安遷都後に貴族たちの暮らしぶりが大きく変わる中で使われるようになったとされるからだ。

江戸時代、松平定信《まつだいらさだのぶ》は牛車の研究書『輿車図考《よしゃずこう》』を編んで、様々な種類の牛車の美しい彩色図を載せた。寛政の改革などから質素倹約のイメージばかりが強い彼だが、実は平安文化への憧れを抱いていたのだ。現代でも、五月の葵祭行列には華やかに飾られた牛車が登場して見物の人たちを沸かせる。宇治市源氏物語ミュージアムには展示エントランスに牛車のほぼ同寸大の模型が置かれていて、圧倒される。牛車は間違いなく、私たちの心を平安時代へといざなう最強のツールの一つと言えるだろう。

牛車に乗ることができる人間は限られており、庶民は乗ることを許されなかった。『枕《まくらの》草子《そうし》』にはしばしば牛車が登場するが、清少納言《せいしょうなごん》は、私的には貴族の端くれの娘として、公的には中宮の女房として牛車に乗ることができたのだった。牛車に乗ることは彼女の日常といってよかっただろうが、それでも、牛車から見る風景には心躍るものがあった。

月のいと明かきに、川をわたれば、牛の歩むままに、水晶などのわれたるやうに、水の散りたるこそをかしけれ。（『枕草子』「月のいと明かきに」）

月が皎々《こうこう》と照るなかで川をわたれば、牛の歩くにつれ水晶などが割れていくように水が散っていく。それがとても素敵。

卯月のつごもり方に、初瀬に詣でて、淀の渡りといふものをせしかば、舟に車を

かきすゑて行くに、菖蒲、菰《こも》などの末短く見えしを、取らせたれば、いと長かりけり。菰積みたる舟のありくこそ、いみじうをかしかりしか。（『枕草子』「卯月のつごもり方に」）

四月の末頃に初瀬寺に詣でて、名に聞く「淀の舟渡り」というものをした。乗って来た牛車を舟の上に持ち上げて、乗せて行くのだ。川面から顔を覗かせる菖蒲や菰《こも》などが、上からは短く見えたのに、取らせてみるととても長かったっけ。菰を積んだ舟が行きかうのが本当に素敵だった。

浅い川は牛車のまま渡り、深い河ではフェリーボートのように牛車を舟に乗せて行く。月光にきらめく水の飛沫《しぶき》、水底《みなそこ》から生えた草の意外な長さ。それらは外出の解放感とあいまって、どちらも清少納言の心をときめかせた。なお、牛車は基本的に四人乗りで、前列と後列にそれぞれ二人ずつ乗った。屋形の中では進行方向に対して横向きになり、互いに向き合う姿勢を取ったという（図1-1）。もちろん

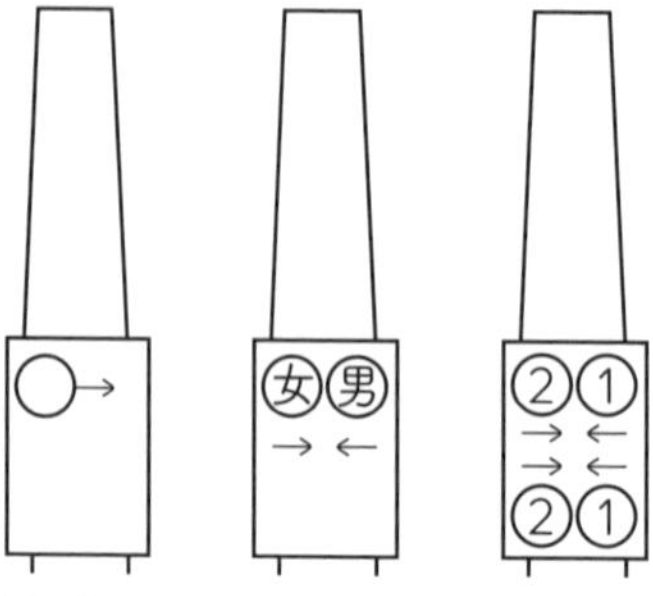

図1-1 牛車内の配置（櫻井芳昭『牛車』をもとに作成）

これは一般的な場合で、実際にはいろいろである。

牛車の車種と供人

現代の自家用車にグレードがあるように、牛車にもグレードがあった。乗車する人物の身分によって、乗ってよい車格に決まりがあったのである。「唐庇車《からびさしのくるま》」は最も格式が高く、上皇・皇后・東宮《とうぐう》・親王、臣下では摂関が使用する（図1-2）。屋形に唐破風《からはふ》の屋根が付いているので、遠目にもすぐわかる。

一方、屋形の上部が三角屋根ではなく平らになっているものは「檳榔毛車《びろうげのくるま》」といい、上皇や四位以上の公卿らが使用できた。「檳榔毛」とは南方産のヤシ科の植物である檳榔樹の葉を細かく裂いて染めたもののことで、「檳榔毛車」は車型全体がこれで作られている。同じ形で素材をグレードダウンし、竹や檜《ひのき》を組んだ網代《あじろ》で作ったのが「網代車《あじろぐるま》」で、五位以上の貴

図1-2 「唐庇車」（『輿車図考』より／所蔵：国立国会図書館）

族に広く許されたカジュアルカーである。車種によってそれぞれ似つかわしい走らせ方があると、『枕草子』は言う。

檳榔毛は、のどかにやりたる。急ぎたるはわるく見ゆ。網代は、走らせたる。人の門《かど》の前などよりわたりたるを、ふと見やるほどもなく過ぎて、供の人ばかり走るを、誰ならむと思ふこそをかしけれ。ゆるゆると久しく行くは、いとわろし。（『枕草子』「檳榔毛は」）

檳榔毛の車は、ゆっくり進ませるのがいい。急ぐのは素敵じゃない。網代車は、走らせる方だ。人の家の門前などを通り過ぎる影が、ふと目をやるともう消えていて、供人が後を追う姿しか捉えられず「あの車、誰だろう」、そう思うくらいが格好いいのだ。ゆるゆると時間をかけて動くのは、全然だめ。

牛車の走り方一つで乗る人の心持ちすらわかると言わんばかりだ。高級な車は、品格にふさわしく走る速度も優雅であるべき。一方網代車は貴族たちが仕事や生活に使った日常車なので、もったいをつけずきびきびと走ってこそ似つかわしい。とぼとぼ行くのはみすぼらしいというのである。単に彼女の個人的な好みを記しているようでいて、実は清少納言の見る目は鋭い。牛車を扱うのは牛飼いや車副《くるまぞい》と呼ばれる召使だが、現代のお抱え運転手がそうであるように、彼らは主人のことをよく見、弁《わきま》えていた。だから牛車の走りには持ち主の状況が反映されるのである。

道長を叱咤激励した車副

藤原道長《ふじわらのみちなが》は貴族として最高の権力を誇ったが、一時期は屈辱的にも、甥で八歳も年下の伊周《これちか》より下の地位に甘んじたことがあった。その時、車副が道長を叱咤激励したと『大鏡』は言う。三月巳日《みのひ》、皆が河原に出て禊《みそぎ》をした日のことである。伊周は高位高官の取り巻きを連れて来て、河原に幾つもの幕を張り巡らし、我が物顔で御座所としていた。そこへやって来たのが道長の牛車だった。

御車を近くやれば、「便なきこと。かくなせそ。やりのけよ」と仰せられけるを、

なにがし丸《まろ》といひし御車副《みくるまぞひ》の、「何事《なにごと》のたまふ殿にかあらむ。かくきうしたまへれば、この殿は不運にはおはするぞかし。わざはひや、わざはひや」とて、いたく御車牛《くるまうし》を打ちて、いま少し平張のもと近くこそ、仕うまつり寄せたりけれ。「辛《から》うもこの男に言はれぬるかな」とぞ仰せられける。（『大鏡』「道長」）

車副が伊周殿の御座所すれすれに御車を進めるので、道長殿が「それでは伊周殿に無礼だぞ。やめろ。もう少し遠ざけて通れ」と仰せになったところ、某丸と呼ばれた御車副は、「何事をのたまう殿様なんだい。そんなふうに遠慮なさるから、ついていないんだね。いやなこった、いやなこった」。そう言うと牛にびしっと鞭をくれてやり、牛車をもっと幅寄せしたのだった。「こやつに手厳しくもこきおろされたことよ」と道長殿はおっしゃったとか。

「こきおろされた」と言った道長だが、「萎縮するな、堂々と行け」と牛車を進めたこの下僕を、のちには可愛がったという。内心では車副の励ましを感じ、胸を熱くしていたに違いない。牛車には牛飼い・車副のほか、馬に乗って先導する「前駆《ぜんく》」の者たちもいた。『枕草子』で清少納言が「供の人ばかり走る」と供人が牛車を追う姿を見たように、供人は徒歩で牛車の後ろに付き従った。召使らは独自のネットワークを作って政界の力関係を熟知し、主人の家が華やかならば誇らしげに勤め、傾けば見限って別の家に鞍替えすることもあった。彼らが都大路で牛車を操り行く様子は、時の政界を如実に反映した光景だったのである。

駐車場にひと工夫

天皇は牛車に乗れない。乗り物は輿《こし》と限られているからだ。だが天皇を退位すると牛車に乗ることができた。

型破りな人物だった花山《かざん》天皇は乗り物が大好きだったが、在位中は祭の馬列に興じただけでも眉を顰《ひそ》められた。その彼が十九歳で退位すると、一般貴族の乗る馬や牛車に凝ったのは言うまでもない。なかでも彼が特に思いついたのは、牛車を停める「車宿《くるまやど》り」、つまり車庫の改修である。通常は、牛車に乗ろうとすれば、まずは牛を付けていない空の牛車を、車庫から人力で引き出さないといけない。その労力を省こうというのだ。

この花山院は、風流者《ふうりうざ》にさへおはしましけるこそ。御所つくらせたまへりしさまなどよ。…御車宿りには、板敷を奥には高く、端はさがりて、大きなる妻戸をせさせたまへる、ゆゑは、御車の装束をさながら立てさせたまひて、をのづからとみのことの折に、とりあへず戸押開かば、からからと、人も手もふれぬさきに、さし出ださむが料《れう》と、おもしろく思し召しよりたることぞかし。（『大鏡』「伊尹」）

この花山院は、風変わりな工夫をなさる方でもいらっしゃいました。御所を造営された見事さと言ったらもう。…車庫では、床板を奥側は高く出入り口側は低くなるよう傾けて作って、出入り口に大きな観音開きの戸を取り付けられました。理由は、御車をいつでも出発できるように整えておいて、万が一緊急のことがあった時には、さっと戸を押し開くと車がからからと前進し、人も手も触れぬうちに外に出てくるようにということです。おもしろい思いつきをなさったものです。

自動式牛車出動装置。そのからくりは床板の傾斜という、シンプルながら斬新、独創的なアイディアである。しかしこの装置、実際に使用するには相当な微調整を必要としただろう。牛車は当然重い。床板の傾斜によっては動かなかったり、逆に勢いがつきすぎたり。車庫の前の牛を装着するのに丁度良い場所に停車させるために、花山院付きの匠たちが試験を繰り返したことが想像される。現代の自動車に通じる、平安のものづくりの一件である。

清少納言の花車

工夫といえば、清少納言はある時、牛車にとんでもない工夫を施して人を驚かせたことがあった。長徳四（九九八）年、定子《ていし》が中宮職《ちゅうぐうしき》の御曹司《みぞうし》にいた五月五日のことである。清少納言たちはホトトギスの声を聞こうと出かけたが、その車は中宮職の役人に用意させたものだった。つまり公用車で行ったわけだ。重い立場でなかなか外出できない定子の代わりに季節の風流を体験し、土産話を持ち帰る。それも女房の仕事だったのである。行先は郊外にある中宮の母方のおじの家で、かしましいほどホトトギスが鳴いていた。その声を聞けない定子のために和歌を詠もうとしたが、帰りがてらに満開の卯の花を見つけ、それで牛車を飾ろうと思いつくと、清少納言たちはそちらのほうにすっかり夢中になってしまった。

卯の花のいみじう咲きたるを折りて、車の簾《す》、かたはらなどにさしあまりて、おそひ・棟《むね》などに、長き枝を葺《ふ》きたるやうにさしたれば、ただ卯の花の垣根を牛にかけたるとぞ見ゆる。供なる男どももいみじう笑ひつつ、「ここまだし、ここまだし」とさしあへり。（『枕草子』「五月の御精進のほど」）

卯の花が見事に咲いているのを折って、車の簾や脇などに挿し、余った分は屋根や棟木などに、長い枝で葺《ふ》いたように挿したところ、まるで卯の花の垣根を牛に牽かせているように見える。供の男どもも大笑いをして、「ここがまだ足りぬ、ここにもっと」と挿し合った。

花で覆われ、まるで動く花垣のようになった車体は、現代で言えばイルミネーションで飾り立てた自動車か。車の格式は違うが「トラック野郎」が頭に浮かぶ。とにかく尋常ではない飾り方だったのだ。

　さて、それを清少納言たちは、わざわざ故藤原為光《ふじわらのためみつ》邸の前に停めた。定子と清少納言たちにとっては因縁の場所である。実は当時、定子は一条天皇の随一の后ではあったものの苦境にあった。二年前の長徳二（九九六）年、定子のきょうだいである伊周と隆家《たかいえ》が女性問題で花山法皇を襲撃する暴力事件を起こしたことが引き金となり、一家が没落。いわゆる「長徳の政変」である。その時定子は衝動的に髪を切り出家、つまり天皇との離婚という事態を招いてしまったのだ。定子を愛する一条天皇は出家の事実を無視しようとしたが、貴族たちは定子を許さなかった。中宮は天皇の本妻、神事を務めなくてはならないが、尼になるとそれはできない、定子は無責任だというのだ。定子が中宮職の御曹司という、内裏とは築地《ついじ》を隔てた外に住むことを余儀なくされていたのはそのためである。

　そしてこの時清少納言が牛車を停めたのは、まさに政変の発端となった暴力事件の現場だった。言ってみれば、この家の女たちが原因でばかばかしいごたごたが起きたのだ。その事件で定子の実家は没落してしまった。だがまだ負けてはいない。私たち中宮女房はこんなに風流だ。意気軒昂を見せつけてやろう。清少納言たちはそう思ったのだろう。

　清少納言は、邸宅の中に使いをやり、この家の貴公子・藤原公信《きんのぶ》を呼び出した。

「侍従殿やおはします。郭公《ほととぎす》の声聞きて、今なむ帰る」（同前）

侍従の藤原公信様はいらっしゃいますか？　私たち、ホトトギスの声を聞いて、今帰るところですの。

公信は家でくつろいでいた。が、没落したとはいえ中宮の女房たちの突然の来訪である。無視するわけにはいかない。「今行きます。ちょっと待ってください」と言いながら慌てて指貫（ズボン）を履く。だが清少納言は「待つまでもないわ」と素知らぬ顔で車を出す。公信を困らせるのが楽しいのだ。彼はズボンを履きながら門を出て、帯は道で結びつつ「ちょっと待って、ちょっと待って」と追ってきた。彼の供人も三、四人、裸足で駆けて来る。邸宅前から一町（約一二〇メートル）ばかり、定子の待つ職御曹司に続く大内裏の門でようやく牛車に追いついた。ぜいぜい喘《あえ》ぎながら車を指して大笑いし「尋常な人が乗るようには見えませんよ」。この反応は清少納言を満足させたようだ。「ご一緒に大内裏の中まで参りましょう」と誘ったが、公信は「烏帽子姿では」と遠慮する。それも重々承知だ。定子がこの中に住み、自分たちがこんな牛車で大内裏の門を自由に出入りできることを見せつけたかっただけだ。公信が疲れた様子で帰っていく後姿が、清少納言には小気味よかった。

それにしても、清少納言たちが飾り立てた卯の花車は、実際とんでもない牛車だったのだろう。こうした無秩序な逸脱を楽しむ洒落心は、定子独特のものだ。傾きながらも消えていない自分たちの文化を、清少納言は都の人々に見せつけようとした。なかんずく因縁の邸宅の貴公子には、必死なまでに存在感を主張した。清少納言にとっては自然な行動であったのだろうが、うがった見方をするならば、元気を演じて見せたということでもあろう。卯の花が揺れる装飾牛車には、痛ましいほどのプライドがこめられていたのである。

第2章

争う

牛車《ぎっしゃ》

2

車争いの系譜

優雅な乗り物のはずの牛車だが、不思議なことに平安文学には、牛車に関わる争いごとの場面が少なくない。即座に浮かぶのが、『源氏物語』「葵」巻に記された、葵の上と六条御息所によるいわゆる〈車争い〉だろう。片や光源氏《ひかるげんじ》の正妻、片や長年の愛人、両者の牛車が賀茂祭の見物人でひしめく一条通で出会い、乱闘事件となる。この場面は『源氏物語』では珍しい活劇であり、物語中きっての名場面と言える。後には多くの屏風絵に大迫力で描かれた（図2-1）。

だが、この〈車争い〉は、実は『源氏物語』で初めて取り上げられたモチーフではなかった。身分を問わず衆人が集まる行事の無秩序さ、襲われる女車、牛車の意外に壊れやすい構造、後から来て車の列に割り込む牛車、公衆の面前での大乱闘といった場面は、『源氏物語』以前の作品にも記されてきた。それらは『源氏物語』の参考にもされたに違いない。まずはそうした〈車争い〉の系譜を見渡してみよう。

偽姫君の牛車を拉致

最初は、『うつほ物語』「藤原の君」の牛車拉致《らち》事件である。物語のヒロイン「あて宮」は栄華を誇る源正頼の娘で、多くの公卿や親王たちが恋焦がれる姫である。ところが彼女に求婚した者には奇人もおり、なかでも上野《かんづけ》の宮という親王はおちぶれた偏屈者だった。あて宮の父に求婚を無視されると、彼は怒り、取り巻きの京童《きょうわらべ》や博徒《ばくと》といったならず者どもと一計を案ずる。博徒の提案は、あて宮の強奪だった。

図2-1『源氏物語車争図屏風』(部分/所蔵：東京富士美術館)

「かくはしてむかし」。この東山なる寺の堂の会《ゑ》したまふべしといふ聞こえをなして、条ごとに政所《まどころ》をしつつ、集まりて内馴らしをしののしり、また、かくばかりの見物はなかるべしといひ流さむ。かの殿は、物見好《ものみごの》みしたまふところなり。出でたまへらむを、集まりて奪ひ取るばかりぞ」（『うつほ物語』「藤原の君」）

「こうしてはいかがでしょう。上野の宮が近所の東山の寺の堂の法事を催されるという情報を流すのです。京の条ごとに事務所を作り、集まって大々的にリハーサルを行い、これほどの見物《みもの》はあるまいと言いふらしましょう。姫の父の殿は、見物《けんぶつ》好きということです。姫が出て来られたところを、我らが集まって奪い取るばかりです」

かくして当日、上野の宮は寺の境内で偽りの法事を催す。大勢の見物客が集まったが、出し物を実演するのは彼の取り巻き連中なので、皆いんちきだ。講義を始めると言って牛飼いが大道芸の楽を演奏したり、破戒僧らしき者が大声で合唱したり。だがその騒ぎに乗じて、あて宮の乗る牛車に夥しい数の京童と博徒が襲い掛かり、一気に姫を略奪。「奪い取ったぞ」と上野の宮は快哉の声を上げ、牛飼いたちが田楽の鼓と笛ではやし立てた。だが、実は牛車に乗っていたのはあて宮ではなく、別人だった。あて宮の父は上野の宮の姦計《かんけい》を知り、姫の偽者を仕立てていたのである。姫の車だと装うため、牛車は黄金で飾り立てたので、上野の宮はまんまと騙されたのだった。

これは大げさな作り話だが、寺社による法事や祭りの場が、皇族・貴族から庶民までが集まる一種の劇場空間であり熱気と喧騒に満ちた無法地帯でもあったことを、うまく利用している。また、牛車の車種によって中の人物の身分階級が判断されるので、牛車を偽装すれば人目を欺《あざむ》けたことも利用している。なお、上野の宮は自分の奪い取った姫が偽者であることに気づかず、妻として大切にした。本物のあて宮は後に東宮に嫁いだが、その噂を聞いても頑として耳を貸さず、自分が奪い取った偽者をこそ真のあて宮と信じ続けた。身分社会の当時にしてみれば、おちぶれ親王の上野の宮を馬鹿にした笑い話だったのだろう。しかし今読めば、偽妻と宮のむつまじさにほっこりする結末である。

清水坂での脱輪

『落窪物語』には、二度も車争いが描かれる。いずれも、主人公落窪姫の夫である道頼《みちより》がかつて姫を虐待した継母に仕掛けた復讐劇である。

『落窪物語』の舞台はある中納言家で、妾妻の娘の落窪姫は母が亡くなりこの家で暮らしている。正妻である継母は生さぬ仲の姫を憎み、床の落ち窪んだ部屋に住まわせ召使同然に扱った。つまり平安のシンデレラ物語である。「落窪」という屈辱的なあだ名も、継母が周囲にそう呼べと命じたものである。さらに継母は、姫を監禁し、年甲斐もなく色を好む老叔父・典薬助《てんやくのすけ》に襲わせようと仕向けた。道頼はこうした窮状から姫を救った貴公子で、まさに白馬に乗った王子様さながら。姫を一途に愛し、またそれゆえに、姫を辛い目に合わせた中納言家、なかでも継母と典薬助を憎みきっている。姫が「もういい」と言うのに彼は復讐戦を仕掛けて痛めつけ、また継母もしたたかでなかなか降参しないものだから、復讐は繰り返されエスカレートしてゆく。物語は、その度外れた復讐劇の痛快さでもって、読者を何度も楽しませる。二度の車争いはその中でも重要な場面だ。

一度目の車争いは、清水寺詣での道すがらだった。継母らは女性ばかり数人で一台に乗り合わせ、寺を目指していた。だが道は東山の急坂で、満席の屋形は重く、牛の足が遅くなる。そこへ後から来合わせたのが道頼と落窪姫の一行で、こちらは女房や従者を連れ何台もの牛車に分乗して、豪勢かつ軽やかにやって来た。前を行くのが継母の牛車と知るや、まず道頼は「あおり運転」を仕掛ける。「速く行け。さもなくば道を譲れ」と後ろからせっつくのだ。継母方が言うことを聞かないと、今度は石つぶてを投げつける。これには継母方の従者も黙ってはいなかった。

「中納言殿の御車ぞ。はやう打てかし」と言ふに、この御供の雑色《ざっしき》どもは「中納言殿にも、おづる人ぞあらむ」とて、手礫《たぶて》を雨の降るやうに車に投げかけて、かた様《やう》に集まりて、押しやりつ。御車ども、さきだてつ。御前よりはじめて人いと多くて、うちあふべくもあらねど、片輪を堀におしつめられて、物も言はである。(『落窪物語』巻之二)

「こっちは中納言殿の御車だぞ。打てるものなら打ってみろ」継母の供人がそう言うと、道頼殿の御供らは「中納言殿だって、怖い相手がいるだろう」と言って、石つぶてを雨の降るように車に投げつけ、さらに道の片側に集まって、継母の牛車を押しのけた。道があき、道頼殿の御車は継母の車を追い越す。御前駆の者を始め相手の従者が大勢なので、継母方には手の出しようもなく、何より片側の車輪が堀にはまって、ぐうの音も出ない。

投石に加え、牛車を力任せに押して退かす。従者たちはそれぞれの主人を恃《たの》み、一旦火が付くと争いは止まらない。とはいえ結局は従者の多いほう、つまり権勢の強いほうが当然勝つ。継母方の脱輪した車輪は引き上げようとしてもなかなか上げられず、とうとう壊れてしまう。縄を持ってきて何とか結わえ、やっとのことで一行は清水の坂を登ったのであった。

屋形が転落

二度目の車争いは賀茂祭見物の折、場所は一条大路である。時も場も『源氏物語』と同じで、『源氏物語』が『落窪物語』のこの場面を参考にしたことは間違いあるまい。道頼たちは祭見物に二十台もの車を仕立てて繰り出し、あらかじめ杭を打って場所取りした位置に駐車する。と、大路の向かい側に古めかしい檳榔毛車と網代車が停まっている。中納言邸の継母たちの車と知った道頼は、むりやり二台を引き退かせる。すると腹を立てて出てきたのは、かつて落窪姫を襲おうとした例の典薬助だった。「場所取りをした所でなく、向かい側に立てた牛車をどかすなど、あんまりだろう。後でどうなるかわかっているのか。仕返ししてやるぞ」。だがむしろ、長年典薬助を憎み続けた道頼にとってこそ、ここであったが百年目である。命令一下、部下たちが典薬助に駆け寄る。

「『後のことを思ひてせよ』と翁の言ふに、殿をば、いかにしたてまつらむぞ」とて、長扇《ながあふぎ》をさしやりて、冠《かうぶり》を、ははとうち落としつ。髻《もとどり》は塵《ちり》ばかりにて、額ははげ入りて、つやつやと見ゆれば、物見る人にゆすりて笑はる。翁、袖をかづきて惑ひ入るに、さと寄りて、一足ずつ蹴る。（『落窪物語』巻之二）

「この爺、『後でどうなるか考えてやれ』と言ったな。うちの殿をどうしやがるつもりだ?」部下たちはそう言って、長扇を突き出して、典薬助の冠をぱっと叩き落とした。すると髻《もとどり》は塵ほどの小ささで、額ははげ上がりつやつやと光っている。見物人はどっと大笑いだ。爺は頭を袖で隠しておろおろ牛車に乗り込もうとした。そこへ従者たちがさっと近寄って一足ずつ蹴る。

積年の恨みを晴らそうと、典薬助を打擲《ちょうちゃく》させる道頼。典薬助が意識を失い、息も絶え絶えになったと見て取ってようやく「やめろ、やめろ」と手を振るが、それは止める振りだけの「空制止《そらぜいし》」だ。いささかやりすぎの感もあるが、これこそが『落窪物語』の真骨頂である。品性を二の次にした躍動感と情け容赦のなさは、『源氏物語』の真似できぬところだ。

さて、復讐は典薬助だけでは済まない。狙う本丸は継母である。道頼は檳榔毛の車の方に継母が乗っていると察し、細工をさせていた。継母は逃げ帰ろうとして牛車を発進させる。その時だった。

とこしばりをふつふつと切りてければ、大路なかに、はくと引き落としつ。下臈の「物見む」とわななき騒ぎ笑ふこと限りなし。車の男ども、足をそらにて、惑ひ倒れて、えふともかかげず。(同前)

屋形を括《くく》りつける綱がぶつぶつと切ってあったので、出発するや、大路のど真ん中で屋形をどさっと落としてしまった。下々の野次馬どもが「見よう見よう」とざわめき、騒ぎ、笑うことといったら大変なものだ。車係の下男どもは足が地につかずに慌てふためいて転び、すぐには屋形を持ち上げられない。

牛車は、簡単に言えば大八車の荷台に屋形を置いたような構造になっている。荷台に屋形を固定させているのは「床縛り」という綱でしかない。道頼はそれを切り、牛車が動き出すや、慣性の法則で屋形が落ちるように仕組んでいた。見物の大衆はまたしても大騒ぎ、特に継母は屋形の外に放り出され、肘《ひじ》をしたたかに打って「おいおい」と泣く始末だった。可哀想な気もするが、やはりここまで徹底するのが『落窪物語』の個性である。ちなみに、やがて道頼も姫の実家を許し、両者は和解する。だがその後も継母は腹黒さを止めないので、こちらの悪役ぶりも徹底している。

なお、牛車の事故については『枕草子』も、「**あさましきもの。…車のうち返りたる**（あきれるもの。…ひっくり返った牛車）（「あさましきもの」）」と記している。牛車のように大きなものは安定しているのだろうと思っていたのに、あっけなくひっくり返って夢でも見ているかのようだというのだから、清少納言は実際に現場を見たことになる。平安時代も車の事故には要注意だったということだ。

『源氏物語』の車争い

このように、『源氏物語』以前の物語文学をざっと見ても、車争いのモチーフは少なない。貴族の日記などにも、牛車が石つぶての攻撃を受けるなどの事件が記されている（『小右記』長徳三年四月十六日など）。平安京では牛車の絡むトラブルが珍しくなく、そうした事実の背景を吸収しつつ、文学史上に車争いの系譜が織りなされることになったのだろう。しかしその中にあっても、やはり『源氏物語』「葵」巻の車争いは出色と言わざるを得ない。その理由は、しばしば源氏物語図屏風の大画面に描かれる敵味方入り乱れる下僕たち、壊れる榻《しじ》（長柄を乗せる台）、群がる見物人たちといったアクションにあるのではない。アクションは『うつほ物語』にも『落窪物語』にも十分にあった。それらに無くて『源氏物語』にあるのは、牛車の内部、もっと言えば内部の人の思いである。『源氏物語』はナレーターが物語を語る手法をとっているが、車争いでは途中から語り手が六条御息所にぴったりと寄り添い、その目と耳と心を語る。

光源氏二十二歳の夏。元服時から十年連れ添いながら冷え冷えとした仲の正妻・葵の上が初めて懐妊、一方長年の愛人六条御息所は関係に行き詰まりを感じつつも光源氏への執着を捨てきれない。そんな時、賀茂祭に先立って行われる「御禊」の行列に光源氏も奉仕することになる。関心のない葵の上だが女房たちにせがみ込まれ、遅れて到着した現場は、先の『落窪物語』にもあった一条大路である。既に所狭しと牛車が停められ行列を待っている。当然葵の上一行には入り込む場所がないが、そこは光源氏の妻にして時の最高権力者左大臣の娘のこと、下僕の手薄な女房車に目をつけ次々力づくで移動させる。このように祭の折に権力者の牛車が割り込む様は『枕草子』(「よろづの事よりも、わびしげなる車に」)にも記されており、**「立てる車どもをただのけにのけさせて、人だまひまで立て続けさせつるこそ、いとめでたけれ**(停めてある牛車どもを次から次へとのけさせて、自分たちの供人の車までどんどん割り込ませて停めたのは、何とも豪快なものだ)」とある。豪快としか言いようがないほど傍若無人な振舞いが、事実として横行していたのである。

さて、葵の上の従者たちがあたりの車列を眺め渡すと。中に趣味がいいがことさらにやつした、つまり低い身分に偽装した網代車が二台あった。「この車は、退けてはならぬ!」

と供人が厳しい口調で制して、触れさせようとしない。葵の上の従者たちはピンとくる。御息所一行のお忍びの車である。手出し無用、と言われて従者たちはかっとなる。争いが大方従者の小競り合いから起こり、従者が大方主人の勢力を笠に着ていること、これまで見てきたとおりである。

「さばかりにては、さな言はせそ。大将殿をぞ豪家《がうけ》には思ひきこゆらむ」など言ふを、その御方の人も交じれれば、いとほしと見ながら、用意せむもわづらはしければ、知らず顔を作る。（『源氏物語』「葵」）

「愛人ふぜいに、偉そうなことを言わせるな。大将（光源氏）殿の威光を借りるつもりだろうが、こちらは正妻様だぞ」などと葵の上の供は言う。中には大将付きの召使も交じっていて、御息所を気の毒と見つつも間に入るのは厄介なので、知らん顔を決め込む。

葵の上の従者が、正妻の目線で御息所を見下す台詞《せりふ》を吐く時、それは御息所の耳にも届いている。葵の上の従者に交じった光源氏付きの従者たちが我関せずを決め込む時、その空気は御息所にも感じ取られている。続いて牛車の外では、屏風などが盛大に描いているとおりの乱闘があったはずなのだが、その描写はない。

＝ **つひに御車ども立て続けつれば、副車《ひとだまひ》の奥に押しやられて物も見えず。**（同前）

――ついに葵の上側はお車を割り込ませてしまい、御息所の車は御供らの車の奥に押し込まれて、何一つ見えない。

『源氏物語』が語るのはただ、「つひに」葵の上一行が割り込んだ、という結果だけである。それは語り手がこの時、車内の御息所に寄り添っているからだ。御息所は、耳を塞ぎたいような従僕どもの言葉を耳にした。だが下々のように軽々しく外を覗きだすことはしなかったはずだ。ただ、押し切られて牛車が揺れ後退する感じがあって、おそらく初めて外を覗いたのだろう。すると見えるのは隣の牛車ばかり。ついに割り込まれた。もう行列が見られない。これは御息所の目の叫びである。

心やましきをばさるものにて、かかるやつれをそれと知られぬるが、いみじうねたきこと限りなし。榻《しじ》なども皆押し折られて、すずろなる車の筒《どう》にうちかけたれば、またなう人悪《わろ》く悔しう、何に来つらむと思ふに、効《かひ》なし。物も見で帰らむとしたまへど、通り出でむ隙《ひま》もなきに、「事なりぬ」と言へば、さすがにつらき人の御前渡《おんまへわた》りの待たるるも、心弱しや。（同前）

不愉快はもちろんのこと、こんな忍び歩きを知られてしまったことが、ひどく癪に触ってならない。榻なども皆壊されて、牛車の柄《え》は見知らぬ車の車軸あたりにもたせかけ、本当にみっともなく、悔しく、「何をしに来たのだろう」と思っても、もうどうしようもない。何も見ないで帰ろうとしても抜け出す隙間もない中で、「行列だぞ」と声が聞こえるとさすがに冷たい男の通るのが待たれてしまうのも、女心は弱いこと。

語り手はもはや完全に御息所の心に取り憑いている。牛車の榻が壊され、隣の車の車軸にもたせ掛けたことが記されるのは、そのために屋形が傾いたり揺れたりしたからだ。体が揺さぶられることが御息所の心をさらに揺さぶり、他人の車軸を借りていることが人前での恥を痛感させたのである。しかしそこから逃げ出すこともできない。他人の車列の奥に押し込まれて身動きの取れない御息所の牛車は、物見高い世間に取り囲まれて逃げ場を失った御息所の心そのものである。ところがそこに、声が聞こえる。「**事なりぬ**（行列だぞ）」。その声一つが、きらめくように御息所の心を貫く。光源氏が来る。あの人が来るのだ。見たい、待たなくては、彼が来るのを。一瞬で変わった心を、物語は「**心弱しや**（女心は弱いこと）」と、今度は突き放す。

笹の隈《くま》にだにあらねばにや、つれなく過ぎたまふにつけても、なかなか御心尽くしなり。げに、常よりも好み整へたる車どもの、我も我もと乗りこぼれたる下簾《したすだれ》の隙間どもも、さらぬ顔なれど、ほほ笑みつつ後目《しりめ》にとどめたまふもあり。大殿のは、しるければ、まめだちて渡りたまふ。御供の人々、うちかしこまり、心ばへありつつ渡るを、押し消たれたるありさま、こよなう思さる。

影をのみ　みたらし川の　つれなきに　身のうきほどぞ　いとど知らるる

と、涙のこぼるるを人の見るもはしたなけれど、目もあやなる御様容貌《おんさまかたち》のいとどしう

出で映えを見ざらましかばと思さる。(同前)

(大意)

だが、古歌で女が男の姿を見るよすがにする「笹の隈」すらここにはないからか、源氏の君はそしらぬ顔で通り過ぎて行かれる。そのことも、むしろ御息所の心を掻き乱した。実際、例年よりおしゃれに整えた車たちの、我も我もと乗り込んだ女たちの装束が下簾の隙間からこぼれる様子にも、君は知らん顔だが、中には片頬で笑って流し目を送られるのもある。左大臣家の車は目立つので、その前は真面目な顔でお通りになる。御供の人々が畏《かしこ》まり敬意を表して通る様子を見て、御息所は完璧に圧倒されたと痛感せずにはいられなかった。

御手洗川に移るあなたのお姿だけは見た。でもそのつれなさに、我が身のつらさが思い知らされました。

歌を心に唱えながらこぼれる涙を女房に見られるのも決まりが悪い。だが一方で、目もくらむような源氏の君の晴れ姿を一目でも見ることができてよかったという気持ちも、胸にはあるのだった。

私には気もつかず通り過ぎていく、彼。御息所は牛車から食い入るように見つめている。着飾った女の車に微苦笑する彼。正妻の車にはきまじめな顔を向ける彼。従僕らも正妻にはかしこまる。私の存在は、かき消されてしまった。うちのめされ、屈辱的な身の程を思い知った和歌を物語は記す。が、煩悶《はんもん》の一方で、心は小さく浮き立ってもいた。彼の姿が見られた、嬉しいと。

心とは何と面倒なものなのだろうか。愚かなものなのだろうか。揺れ、泣き、また弾む。様々な心がいつも糸のように絡み合い、泥のように混ざり合っている。それが心なのだ。『源氏物語』は、人の心の手に負えなさに残酷なまでに向き合っている。ただその一点だけにおいてすら、この場面は、文学史上の車争いの系譜において群を抜いている。

第3章

囲む

築地《ついじ》

1

敷地は築地で囲みたい

築地《ついじ》とは、土塀である。平安京において、人々の行きかう大路小路の街路空間と、関係者以外は基本的に勝手に出入りできない建物空間との間に、内部が覗き込めない素材と高さでそびえたち、両者をはっきりと隔てる遮蔽物《しゃへい》。それが築地だった。

天皇の住む内裏も、内裏を取り巻く官庁街である大内裏も、敷地の周囲は築地塀によって囲われていた。貴族の邸宅も、もちろん同様である。発掘調査に基づけば、公卿の住む一町（約一二〇メートル四方）の大規模な邸宅だけではなく、四分の一町程度の宅地でも築地を築いていたことが推測されるという（山本雅和「平安京の街路と宅地」『平安京の住まい』）。四分の一町といえば、貴族の最下位ラインである五位の者に許された敷地面積の半分で、つまり主《あるじ》は貴族でない、六位以下の下級官人である。実は六位以下の者は宅地に築地を設けてはならないと決められていた（『日本紀略』長元三（一〇三〇）年四月二十三日）。だがそれにもかかわらず、人々は自宅の敷地を築地で囲みたがったのだ。

生死の世界を隔てる築地

『和泉式部日記』の冒頭では、築地が象徴的な役割を果たしている。

夢よりもはかなき世の中を嘆きわびつつ明かし暮らすほどに、四月十余日《よひ》にもなりぬれば、木《こ》の下くらがりもてゆく。（『和泉式部日記』冒頭）

夢よりも儚《はかな》いものは男と女の仲と嘆き悲しみつつ時を過ごすうちに、もう四月十日過ぎになってしまったので、茂る青葉で木の下は暗くなってゆく。

和泉式部と思われる女は、昨年の夏、恋人を亡くした。冷泉《れいぜい》天皇の子の為尊《ためたか》親王である

（系図）。
彼の死は長保四（一〇〇二）年六月十三日（『権記』同日）、夏の終わりのことだった。互いに夫と妻のいるいわゆる道ならぬ恋は、彼の死であっけなく絶たれた。女が夜も昼も彼を偲《しの》びながら過ごす間に時は流れ、そして今また同じ夏が巡ってきたのである。

陽光が燦燦《さんさん》と降り注ぎ、外界は輝きにあふれ木々は新緑の葉を茂らせる。だが葉が茂れば茂るほど、木の下では光が遮られて影が濃くなってゆく。これを「木《こ》の下闇《したやみ》」といった。『和泉式部日記』冒頭文が「木の下くらがりもてゆく」と言うのはそのことである。今、女は身も心もこの闇の中にいる。外界の時間の流れが季節を進め明るさを増すほどに、女の庭は暗くなり、心は過去を思い闇にたたずむ。

このように外界と女を隔てるものが、木の葉の他にもう一つある。築地である。

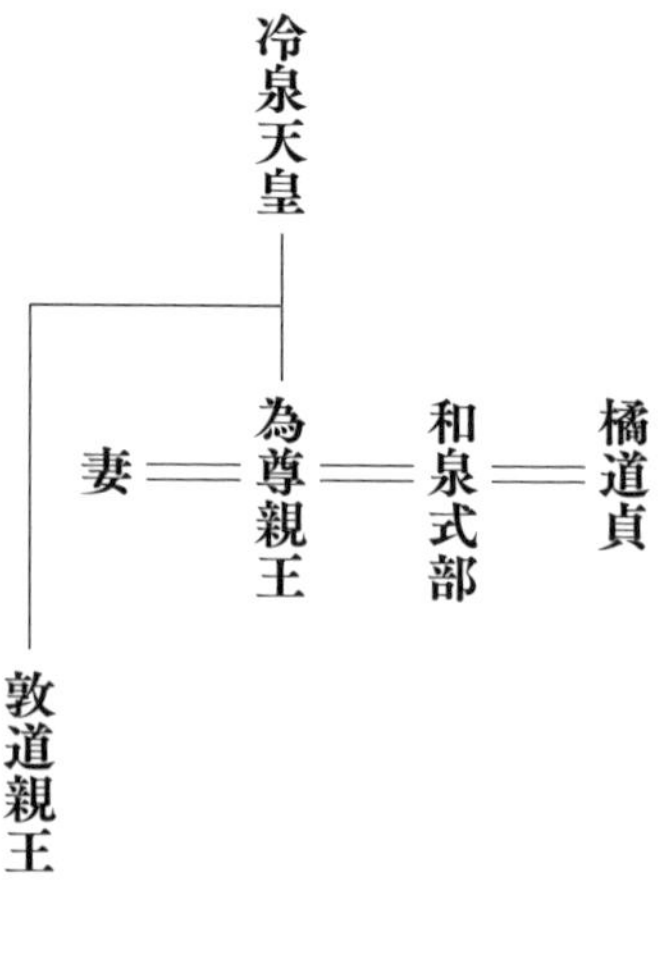

築地《ついひぢ》の上の草あをやかなるも、人はことに目もとどめぬを、あはれとながむるほどに、近き透垣《すいがい》のもとに人のけはひすれば、たれならむと思ふほどに、故宮《こみや》にさぶらひし小舎人童《こどねりわらは》なりけり。(同前)

土塀の上の草が青々としていても、人はそう目にも留めないが、私にはまるで心に突き刺さるかのようだ。思わず見つめてしまいぼんやりしていると、近くの垣根辺りに人の気配がする。「誰だろう?」と思えば、亡くなった為尊親王にお仕えしていた小舎人童だった。

築地は、寺院などには上部を瓦で葺《ふ》く形式のものもあったが、女の家の場合は上土《あげつち》形式だった。これは土塀の上に板を重ねさらに土を塗り固めるもので、雑草が生えやすい。特にこの季節、新緑の若草が伸びて目にも鮮やかなのだ。女は思う。夏がやってきた、嬉々として草花は生きようとしている。外の世界には命が脈打ち、築地から邸内に入り込もうとすらしている。それは他人にとっては単なる季節の進行であり、気にもとまらぬものなのだろう。だが私にとっての夏は違う。全く逆だ。愛する人が逝《い》った季節、死と喪失の季節なのだ、女は茫然として溜息をつくしかない。

こうして『和泉式部日記』は、木の梢《こずえ》や築地の雑草が表す光と命の空間と、木陰と邸内が表す暗闇と死の空間とをはっきりと対比させ、女の心象風景として読者に示す。それだけではない。この結界を破って女の領域に侵入した小舎人童は、為尊親王に生前仕えていた従者だった。女と同じ死の色をおびた少年を、女は招じ入れる。だが少年は今は為尊親王の弟・敦道《あつみち》親王に仕えており、彼からの贈り物を携えていた。こうして新しい恋が始まる。築地は女と外界を画然と隔てていたのに、いつのまにか光と命を忍び込ませ、女に明日を生きさせることになるのである。僅か数行に状況と心とその後の展開までをも凝縮させたこの冒頭場面は、まぎれもなく平安文学屈指の開巻というしかない。

築地の崩れ

岸熊吉の解説する所によれば、築地の築造にはまず枠板を外側と内側の両面に立て、間に土を入れて少しずつ搗《つ》き固める方法を取った（『日本門牆《もんしょう》史話』）。内部に板壁が置かれたり瓦礫が埋め込まれたりすることもあったらしいが、要するに表面は土である。手入れを怠れば、『和泉式部日記』の築地のように雑草が生えることも、築地本体に亀裂や崩れが生ずることもあった。そんな築地に『枕草子』は鋭い目を向ける。

═ 人にあなづらるるもの。築地のくづれ。（『枕草子』「人にあなづらるるもの」）

— 人にばかにされるもの。築地の崩れ。

家には住む人の力や気遣いが現れる。なかでも築地は、外を通る通行人の誰からも眺められ、最も目に付く。築地が崩れていれば、家を維持する財力が足りないか気遣いが足りないかと詮索され、侮られるというのだ。

だが一方で『枕草子』は、女の一人住まいにはそのような荒れた家が似合うとも言う。

═ 女一人住む所は、いたくあばれて、築地《ついひぢ》なども、またからず、池などある所も、水《み》草《くさ》ゐ、庭なども、蓬《よもぎ》にしげりなどこそせねども、所々、砂子《すなご》の中より青き草うち見え、さびしげなるこそあはれなれ。物かしこげに、なだらかに修理《すり》して、門《かど》いたくかため、

〓きはぎはしきは、いとうたてこそおぼゆれ。（『枕草子』「女一人住む所は」）

女が一人で住む所は、ひどく荒れて、築地などもきちんとしておらず、池などある所も水草が浮かび、庭なども、雑草がはびこりこそしなくても、所々砂の間から青い草の葉が覗き、寂しげなのが風情がある。いかにも小賢しげにすっきりと修繕して、門を固く閉ざし、四角四面なのは、実につまらなく感じられる。

この二段を合わせれば、『枕草子』は、一人暮らしの女は家を見て多少侮られるくらいがちょうどいいと言っていることになる。それはなぜか。修繕されていない築地は、家《いえ》主《あるじ》である女を経済的に支える者がいないことを「見える化」するからだ。男が好奇心から邸内に足を踏み込んでみれば、憶測はさらに確かさを増す。池をさらったり草むしりをしたりする下男すら雇えないのだろう、人気《ひとけ》も少なく家は寂しい。女は身も心も寂しく暮らしているに違いない。こうして妄想が妄想を呼んで、わび住まいはまるで徒然《つれづれ》をかこつ女あるじの目印のようにさえ見えてくる。男心をくすぐる住まい方。いや、もちろん『枕草子』はそうした恋愛方面限定の書き方をしてはいないし、そこが清少納言の懐の広さでもあるのだが、やはり「女が一人で住む所」と言うからには、より男性に働きかける〈魅力的な哀れさ〉とでもいうものを匂わせていることは、否定できない。

荒れた家は妄想をかきたてさせ、男心をくすぐる。これを仮に「わび住まい効果」と呼ぼう。清少納言はそれに気づいていた。ならばもしも、彼女以外にも「わび住まい効果」に気がついている、一人暮らしの女がいたとすれば。そして、男との出会いに決してやぶさかではなかったとすれば、どうだろう。たまたま築地が崩れてしまったら、決してそれを修理してはならない。男を寄せ付けないという意思表示になってしまうからだ。築地の崩れはそのままに。いやいや、効果を狙ってわざときれい目に崩してもいい…とはならないか。

もちろんこれは空想に過ぎない。だが実際に「わび住まい効果」があり得たとすれば、それを賢く使って男を誘うこともできたのではないか。『和泉式部日記』の女の家は、築地が崩れていたとまでは記していない。だがやはりわび住まいの目印である雑草が生えていた。そして敦道親王の使いの少年は、女が気づかない間にいつの間にか邸内に入り込んでいた。女は少なくとも、家の門を固く閉ざしてはいなかったのである。

変わらぬ思いの証

一方で崩れた築地は、そこに住む女がある一人の男を思い続けていること、いわば操《みさお》のしるしとされることもあった。『源氏物語』の花散里《はなちるさと》、また末摘花《すえつむはな》のエピソードである。

まずは花散里について記そう。「須磨」巻、光源氏二十六歳の三月のこと。政治上のいざこざで追い詰められた光源氏は、朝廷に官位を返上し、摂津の国の須磨の浦にひきこもった。自ら進んでそうしたとは言いながら、生まれ育った都とはあまりに異なる寂しさ。暫くは、京や残してきた人々、旧知の人々が懐かしくてならない。そんななか、都から遥々送ってこられた手紙が光源氏の胸を打った。父の妃だった麗景殿女御《れいけいでんのにょうご》とその妹・花散里、京の外れの館に住む姉妹からの手紙である。

麗景殿は故桐壺帝をいつまでも慕い続け、妹の花散里は光源氏を思い続けて、二人でひっそりと住んでいる。光源氏はその変わらぬ心が嬉しく、政治の逆風で弱気になった時も、須磨への下向を思い立った時も、彼女たちの居宅を訪った。そして「何と手元不如意な有様だろう、何年も、ただ私ひとりの援助にすがってきた家なのだ、これからはどれだけ荒れてゆくことか」と心配になったものだった。だから手紙の終わりに次の和歌を目にした時、すぐに彼女の暮らしが思いやられた。

荒れまさる　軒のしのぶを　眺めつつ　繁くも露の　懸かる袖かな

とあるを、げに葎《むぐら》よりほかの後見《うしろみ》もなきさまにておはすらむと思しやりて、長雨に築地所どころ崩れてなむと聞きたまへば、京の家司《けいし》のもとに仰せつかはして、近き国々の御庄《みさう》の者など催させて仕うまつるべきよしのたまはす。（『源氏物語』「須磨」）

ますます荒れてゆく軒の忍草を眺めながら、しっぽりと涙に濡れてゆく私の袖でございます。

手紙に記された和歌にはそうあった。源氏の君はこれを見て、「実際、蔓草《つるくさ》以外には家を護《まも》る者もいない有様なのだろう」と推し量られた。そこへ「長雨で築地の所々が崩れてしまって」などと噂に聞かれたので、都の源氏邸出入りの者に言い送って、「京周辺の荘園の者たちを呼び集めて修理に当たらせよ」とお命じになる。

花散里の和歌は「荒れまさる軒のしのぶ」と、「しのぶ（草）」を詠んでいる。忍草は「ノキシノブ」と呼ばれるシダ植物の呼名だが、言うまでもなく、雑草の名に重ねて光源氏を恋し「忍ぶ」心を表している。和歌では常套的な掛詞だ。しかし光源氏の頭には、この和歌を見てすぐさま、「葎《むぐら》」に埋もれた家が浮かんだ。葎は蔓草の総称であり、これがはびこることはストレートに荒廃を表す。やがて案の定、彼女の家の築地が崩れたという知らせが耳に入った。早速光源氏は修繕の世話を手配する。

もとより光源氏にとって二人は、甘えることのできる数少ない相手だった。そして光源氏がおちぶれても、花散里は別の誰かに頼らなかった。築地の崩れはそのせいである。だから光源氏は、どうしても彼女たちを守りたいと願ったのである。遠くからでも援助することは可能だ。自分にもまだしてやれることがある。その気づきは彼に、すり減っていた自信を幾分取り戻させることになったのではないだろうか。

記憶に刻まれたあばら家

須磨に落ちた光源氏を忘れなかったのは、故常陸宮《ひたちのみや》の箱入り娘・末摘花も同じである。また家の荒れ方はと言えば、こちらのほうがすさまじかった。もともと光源氏は十八歳の年に彼女のもとに通い始め、やがてその個性的な顔立ちやあまりにも古風な気立てを知ることになったのだが、その頃から、彼女の住む常陸宮邸は中門が傾いてひしゃげるほど荒廃していた。「自分以外の男には我慢できまい」という妙なヒロイズムから光源氏が世話するようになって交際は八年に及び、彼にとってはお情け程度の援助も末摘花には身に余るものだった。だが、それが絶えた。そして光源氏は、須磨で彼女を思い出さなかった。さて、彼女の住む邸宅はどうなったか。

もとより荒れたりし宮の内、いとど狐《きつね》の住みかになりて、疎ましう気遠《けどほ》き木立《こだち》に、梟《ふくろふ》の声を朝夕に耳馴らしつつ、人気《ひとげ》にこそさやうの物も堰《せ》かれて影隠しけれ、木霊《こだま》など、けしからぬ物ども、所得て、やうやう形をあらはし、ものわびしきことのみ数知らぬに。（『源氏物語』「蓬生」）

もとから荒廃していた邸内はまさに狐の住みかそのものとなり、寂しく薄気味悪い木立には、朝な夕な聞き慣れるほどのフクロウの声、そうした怪異の類《たぐい》は人の気配があってこそ影をひそめているものだが、いつしか樹の霊魂である「木霊」など得体の

——しれない化け物たちが我が物顔に姿を現しだして、住人にはわびしさが募りゆくばかりだった。

光源氏の援助が途絶えた常陸宮邸は、中に一歩入れば狐だの梟だの木霊だの、まさに魑《ち》魅《み》魍魎《もうりょう》の天国である。現代にも「廃墟好き」がいるように、物語でもそんな邸を風流がって触手を伸ばす物好きな金持ちがいないではないが、末摘花は頑として手放さない。家がおそろしく荒れ果てていることは彼女自身もわかっている。だがここには亡き親の面影がとどまっていると思うから、むしろ癒されているのだ、と彼女は言う。末摘花は、光源氏への一途な思いとともに亡き父との愛にも支えられながら、邸を守り続けたのだった。

かかるままに、浅茅《あさぢ》は庭の面《おも》も見えず、繁き蓬《よもぎ》は軒を争ひて生《お》ひ上る。葎《むぐら》は西東《にしひむがし》の御門《みかど》を閉ぢ込めたるぞ頼もしけれど、崩れがちなる巡りの垣を、馬、牛などの踏み馴らしたる道にて、春夏になれば、放ち飼ふ総角《あげまき》の心さへぞめざましき。（同前）

——こんなふうだから、浅茅《あさじ》は庭を覆って地面も見えない程となり、繁る蓬は争うようにはびこって軒を這いのぼり、葎は西東の御門にからみつく。それでしっかりと門が閉ざされてしまうのは警備上頼もしいとはいえ、周りの築地はあちこち崩れがちとなり、上を踏んで馬や牛などが往来するから道ができ、そこへ春夏には牧童がやって来ては、格好の放牧地にしていることまでが癪に障る。

こうして末摘花の邸宅は荒れ果て、築地も所々が崩れてしまう。それを修復する余力が彼女になかったことは言うまでもない。だが、彼女をこのあばら家から外に連れ出そうと説得する者はいた。母方のおばである。おばは受領の妻で、血統の良い末摘花を自分の娘たちの女房にしたいという下心から末摘花を誘ったのである。だが末摘花は聞き入れない。光源氏を信じていたからだ。実は彼は既に赦《ゆる》されて都に戻っており、それは天下を揺るがす話題となっているので、さすがの末摘花も知っている。だが彼は便りさえ寄せてくれず、末摘花は「**今は限りなりけり**」、もうおしまいだとも思う。が、彼女は邸宅を捨てない。おばの夫が大宰府に赴任することになり、共に九州へと声をかけられても聞き入れない。「源氏の君は、心から深く契ってくれたのだもの。今は私の運が拙いせいで忘れられているけれど、きっといつか風の便りにでも聞きつけて、必ず来て下さる」そう念じて泣きな

がら光源氏を待ち続ける。当の光源氏はごくたまに「はて、あの姫はまだ生きておいでかな」などと彼女を思い出しつつ、訪ねる気にもならずにいたというのに。

そんな光源氏がついに末摘花邸を訪《おとず》れ、彼女と再会を果たす次第となったことには、やはり邸宅の築地が関わっていた。ある時、花散里を訪おうと牛車で家を出た光源氏は、原形をとどめないほどに荒れ果てた邸を通り過ぎる。その庭の木立はまるで森のように生い茂っていた。

大きなる松に藤の咲きかかりて、月影になよびたる、風につきてさと匂ふがなつかしく、そこはかとなき香りなり。橘には代はりてをかしければ、さし出でたまへるに、柳も、いたうしだりて、築地も障らねば、乱れ伏したり。見し心地する木立かなと思すは、早うこの宮なりけり。いとあはれにて押しとどめさせたまふ。（同前）

松の大木に藤が巻き付いて花房を垂らし、月光の中でなびいている。香りが風にのってふとかぐわしく香る。そこはかとない香りだ。橘もいいが藤も悪くはない。光源氏が牛車から身を乗り出すと、柳の枝も長く垂れて、築地に妨げられることもなく伸び放題に地面までしなだれかかっている。「見たことのある木立だな」。そう思って見直せば、ああそうだ、ここは常陸宮邸なのだった。胸にこみあげるものがあって、光源氏は牛車を停めさせた。

築地が崩れていたから、柳の枝が伸びるだけ伸びて下まで届いていた。ひどい姿だ。それが光源氏の記憶を呼び覚ました。「あの宮邸だ」。こんなに荒れた家を、彼は他に二つと知らない。かくして光源氏は邸内に踏み入り、末摘花は彼とめでたく再会できた。邸宅の荒廃が彼を立ち止まらせたのだから、むしろそれこそが彼女に幸福をもたらしたことになる。

それにしても、ここでひっかかるのは、光源氏が「あの宮邸だ」と気づいた末摘花邸とは、彼のいつの記憶にあったものなのかということである。先に記したように、彼は十八歳の時に彼女と出会い、八年間交際を続けていた。その間、彼の援助によって邸宅は賑やかになり古いながらも世間並みになっていた。つまり、光源氏が邸宅を目にしていた期間から言えば、当初のあばら家よりはましな家のほうが圧倒的に長いのである。にもかかわらず、あばら家を見て彼はピンときた。彼の記憶に刻まれていたのは、二人のなれそめの時の家の姿だったのだ。

光源氏の須磨流謫《るたく》中、末摘花は邸宅に手を入れさせなかった。そのため邸宅はさびれ、一時の輝きを失って、もとのままのあばら家となった。この家においては、時間は止まるどころか逆行していたのである。だから光源氏は「いとあはれ」と胸を打たれた。タイムマシンで突然過去に戻ったような驚き。なかば呆れた感覚、こみあげる笑い、懐かしさ、そして「参った」と頭が下がる思いだろうか。

末摘花邸の崩れた築地に光源氏が感じたのは、『枕草子』の言うようなわび住まいの蠱《こ》惑《わく》でもなく、花散里に抱いたような庇護欲求でもない。それは紛れもない「末摘花らしさ」だったと思う。どこまでも不器用。しかしそれ以上に、ぶれない。そんな末摘花の生き方を象徴するのが、築地の崩れだったのである。

第4章

呼び込む

築地《ついじ》 2

築地にあけた穴

築地は、内と外とを隔てるためにある。門など定められた場所以外からは、基本的に出入りできない。いや、出入りできてはならない。

ところが『伊勢物語』には、そんな大切な築地に穴があけられたという小話がある。その穴をくぐって、夜な夜な男が忍び込み、邸宅内の女のもとに通っていた。しかし家の主人は結局二人を見逃したというのである。

むかし、男ありけり。東《ひんがし》の五条わたりに、いと忍びていきけり。みそかなる所なれば、かどよりもえ入《い》らで、わらはべの踏みあけたるついひぢの崩れより通ひけり。人しげくもあらねど、たび重なりければ、あるじ聞きつけて、その通ひ路《ぢ》に、夜《よ》ごとに人をすゑて守らせければ、いけどもえあはでかへりけり。さてよめる。

人しれぬ　わが通ひ路の　関守《せきもり》は　よひよひごとに　うちも寝ななむ

とよめりければ、いといたう心やみけり。あるじ許してけり。

二条の后に忍びて参りけるを、世の聞こえありければ、兄《せうと》たちの守らせたまひけるとぞ。（『伊勢物語』五段）

むかし、男がいた。東の五条辺りの女の許に、人目を忍んでこっそり通っていた。秘密の通いどころなので、男は門から入ることができず、築地に童子が蹴りあけた穴をくぐって通っていた。人通りの多い所でもなかったが、忍び通いが度重なったので、家の主人は聞き付けて、その通い路に毎夜番人を置いて監視させた。そのため男は邸まで行っても中に入れず、女に逢うこともできずに帰ることになった。それで、男は詠んだ。

私の人しれぬ恋の通い路の番人が、夜になるごとにうたたねしてくれるといいな。

そう詠んだので、女はひどく心をいためた。主人は見かね、二人を許した。

これは、男が二条の后とこっそり恋仲になっていたのを、世間が噂したので、兄たちが監視させた一件だということだ。

二条の后とは藤原長良《ふじわらのながら》の娘の高子《たかいこ》（八四二〜九一〇）で、清和天皇（八五〇〜八八〇）の女御となり、後には陽成《ようぜい》天皇を産んで皇太后と称された貴顕《きけん》の女性である（系図）。高子の叔父・藤原良房《よしふさ》は娘を文徳《もんとく》天皇に入内《じゅだい》させ、生まれた孫・清和天皇の代に実権を握った。同じ幸運が再び一族にもたらされるように。その期待を負って、高子は八歳年下の清和天皇と婚約し、叔母・皇太后順子《じゅんし》の左京五条の邸宅に住んでいた。順子は文徳天皇の生母なので、やはり藤原一族に功績のある女性である。ここで数年を過ごし、高子は貞観八（八六六）年、二十五歳の時に清和天皇の後宮に入った。

さて『伊勢物語』には、そうした高子が入内前の青春のひととき、在原業平《ありわらのなりひら》と秘密の関係を持っていたという小段が幾つかある。もちろん、結ばれてはならない禁断の恋である。高子がやがて二条の后と呼ばれたことから、

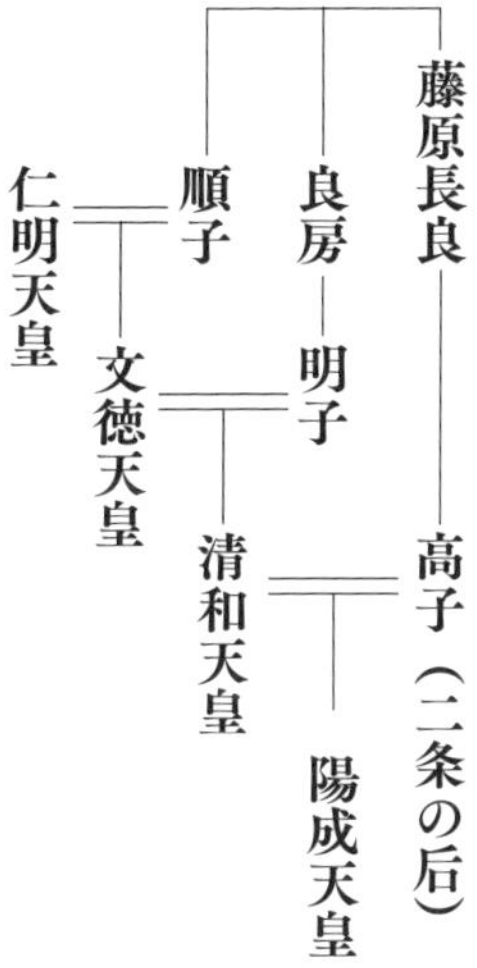

これらは「二条の后段」と総称されていて、第五段もその一つである。ただここでは、二人は邸宅の築地の崩れを利用して逢瀬を重ね、順子と思しき家の主は一旦二人を阻止しようとしたものの、結局は許した。恋心が障害に打ち勝ったのである。ほかの二条の后段では、二人は駆け落ちまで図ったが失敗し、女は男には手の届かない所に行ってしまい、男は傷心の「東くだり」の旅に出る。その意味で、第五段の結末は異色である。

その謎は謎として、ここでは二人の恋の通い路となった築地の穴に注目したい。邸宅の主人・順子は天皇の祖母という権力者である。貧しかったとは到底考えられない。ところが物語は、築地に穴があったという。そこでよく読めば、これは「わらはべの踏みあけたる築地の崩れ」で、自然にできたものではなく故意に蹴り崩されたものだった。これについては、穴をあけた「わらはべ」を、主人公の男の従者と考える説がある。忠実な従者が主人公のために築地を壊し恋の通い路を作ってやったという解釈だ（今西祐一郎『伊勢物語異見』）。なるほど、そうしたことも考えられないではない。だが。男の出入りを聞きつけた主が夜ごとに番人を置いて見守らせたという点はどうか。勝手に築地を崩されるなど迷惑千万、高子から悪い虫を撃退するためにも、なぜ早く修理して道を塞いでしまわなかったのだろうか。

もちろん、歌物語を理詰めで考える必要はない。だが、全く違う可能性を考えてみたい。この築地の崩れを蹴りあけた「わらはべ」とは、年若い従者を意味するのではなく、牛や馬の世話をする「童」であったのではないか。平安京には車を引かせたり乗ったりするための牛馬が、それこそひしめくほどいた。働く牛馬には餌が必要なので、飼い主は草地とあればしばしば放ち飼いし、時には宮中に入り込むものもいたという（西山良平『都市平安京』）。ならば、『伊勢物語』で五条后邸の築地に穴をあけた童子とは、この家に関わる牧童で、出入りや餌やりの便宜のためいわば牛馬用の勝手口を作ったのではないだろうか。男は偶然それを見つけて、ちゃっかりと恋の通い路に利用した。家の主人としては下仕えの役に立っている勝手口をあえて修復するにも及ばず、限られた者だけが出入りするように門番を設けた、ということではないか。

闇のなか胸をときめかせて築地のもとにやって来る男。いつもの穴をくぐれば、そこには牛や馬たちが眠っている。彼らを起こさないよう、男は忍び足で女の御殿に向かう。全くロマンティックではない想像だ。だがもしこれが正しいとすれば、『伊勢物語』の恋の通い路からは、けっこう猥雑でもあった平安京の邸宅の風景が見えてくるようだ。

築地前の広場

平安末期、十二世紀後半に制作された絵巻『餓鬼《がき》草紙《ぞうし》』は、前世の業によって死後奇怪な「餓鬼」となった者たちを描いている。餓鬼たちはいつも空腹に苛《さいな》まれており、やせ細ってあさましく食べ物をあさる。もちろん彼らは想像の産物だが、餓鬼が忍び込む生者《しょうじゃ》の世界は当時の様子をリアルに写している。「伺便《しべん》餓鬼」の段を見てみよう。この餓鬼は貪欲で生前布施を行わず、不浄の食べ物を僧に与えるなど罪を犯した。その因縁で餓鬼となり、常に糞尿を求めるようになったものという（小松茂美『日本の絵巻7 餓鬼草紙』）。

餓鬼たちは人間の排泄物を食べにやってくる（図4-1）。場所は都の街角である。右の網代塀から正

図4-1 『餓鬼草紙』（部分／所蔵：国立国会図書館）

面の築地の前にかけてはちょっとした広場になっており、老若男女が集まって用を足している。築地は立派な造りのようだが荒れ放題で、表面の土が剥《は》がれ落ちている。この家の主人は没落し、築地の修復にも手が回らないらしい。あるいは主人のいない空き家で、全く管理されていないのかもしれない。ならば前で用を足しても追い払われることがない、文句も言われないというわけだ。排泄する庶民たちの表情は安心しきっている。

このように築地の崩れは荒廃を象徴し「零落したイエのまわりの小路は、共同排泄に格好の場所であった」（西山良平『都市平安京』）。なお、排泄する者たちが一様に履いている高下駄は、排泄時用の特別な履物で、おそらくは共同使用だったと考えられている。つまりこの場所は公衆トイレとして周知されており、人々は催したらここに来て高下駄を借りて用を足したのである。

『源氏物語』「蓬生」巻には、末摘花邸の荒れようを記して、牛馬の放牧地になったと記している箇所があった（本書54ジペー）。築地が崩れれば牛や馬が入り込み、踏み荒らしてさらに築地を崩し、やがて決まった餌場のようになって牧童が集まったのだ。『伊勢物語』第五段の築地の崩れは意図的にあけた穴だったが、本来来るはずのない男を呼び込むことになった。そして『餓鬼草紙』の築地の崩れには、おそらくそれなりの豪邸だったこの屋敷ともともとは全くかかわりのなかったはずの、不特定多数の庶民どもが集う。築地の崩れは予期せぬ者たちを呼び込むきっかけになる。崩れた築地の前で人々の生が交錯する。

築地が消えて生まれるもの

最後に、ある人物がただひとときの楽しみのためにわざわざ、しかもかなり大規模に自宅の築地を崩したという逸話を記そう。

その人物とは、藤原道長《ふじわらのみちなが》である。治安三（一〇二三）年五月、彼は現在の京都御所の北東一角にあった土御門邸《つちみかど》にかねて滞在中だった長女彰子《しょうし》のために、豪邸を囲んでいた築地の一部を崩した。土御門邸の北には、道長家の馬の餌にするための「まぐさ」を育てる田があり、おりしも田植えの季節だった。そこで道長は築地を崩し、彰子に邸内から田楽を見物させたのである。

この年、道長は五十八歳。既に官職を辞し出家もして、四月までは妻の倫子《りんし》ともども重い病に臥せっていた。それが回復した喜びもあったのだろう。娘を楽しませようと豪華な物見を思いついた。『栄花物語』によれば、道長は邸宅の厩係を呼んで言ったという。

「この田植ゑん日は、例の有様《ありさま》ながらつくろひたることもなくて、ものをこがましうもあやしうも、ありのままにて、この南の方の馬場《むまば》の御門《みかど》より歩みつづかせて、埒《らち》の内より通して北ざまに渡すべし。丑寅《うしとら》の方の築地を崩して、それよりご覧じやるべきなり。東《ひむがし》の対《たい》にてなん御覧ずべき」（『栄花物語』巻十九）

「このまぐさ田に田植えをする日は、野良人はいつもの姿のまま飾り立てず、おかしな格好でもみすぼらしくてもいいから素のままで来い。屋敷の馬場の南のほうの御門から行列を仕立て、馬場の柵の内側を通って北向きに行進させよ。御殿の北東側の築地を崩して、そこから宮様が御覧になる。宮様は東の対《たい》の屋《や》で御覧になる予定だ」

道長にとって土御門邸は、自分自身の権力奪取と歩みを共にした、思い出深い邸宅であっただろう。もともとは源重信の邸宅だったが、姪である源倫子が相続し、彼女の夫である道長のものとなった。当初は通常の公卿邸と同じく一町（約一二〇メートル四方）の広さだったが、やがて南側の敷地が増えて二町を占める大邸宅となった。長女の彰子が長保元（九九九）年に一条天皇に入内した翌年、立后の儀式はこの広大な土御門邸で催された。また寛弘五（一〇〇八）年、彰子は土御門邸で皇子を出産し、一か月後には異例にも一条天皇が自ら言い出して行幸に訪れた（『紫式部日記』）。その皇子、敦成《あつひら》親王が長和五（一〇一六）年に即位して後一条天皇となり、道長は念願の外祖父摂政の座に就いたのである。同年、土御門邸は全焼。だが即座に新造が進められ、過去に倍する贅沢さで完成した。寛仁二（一〇一八）年に娘の威子《いし》を後一条天皇に入内させ、さらには皇后にした祝いの席で「この世をばわが世とぞ思ふ望月の欠けたることもなしと思へば」と道長が詠んだのも、新造土御門邸でのことだった。その邸宅の築地を、彼はこともなげに撤去させたのだった。

田植えの当日、彰子と倫子は女房全員を引き連れて土御門邸の東の対の屋に陣取った。まずは、本日見世物を披露する野良人たちが彰子に謁見する。若く小ぎれいな五月女《さつきめ》が五、六十人、白で統一された裳袴《もばかま》と笠を着け、おはぐろは黒々と、紅《べに》も赤く塗って化粧していたとは、さすがに道長の命令どおり「いつもの姿のまま」とはしなかったということだ。また「田主《たあるじ》」という役柄の翁《おきな》と女。この二人は珍妙な服を着て破れ傘を差し足駄《あしだ》を履いた滑稽な扮装だ。続いて田楽隊が十人ほど、笛やささらや田鼓《たづつみ》といった楽器を鳴らし舞いながら、楽し気にやってくる。雅楽の鼓とは趣の違う田鼓の音が「ごぼごぼ」と鳴り響く。見る側の土御門邸内からは、特に親しい若公達《わかきんだち》や四位・五位の者どもが、彰子のいる東の対の屋の簀子《すのこ》で高欄に身を乗り出し、やんやと声をかける。彰子は国母となって七年の三十六歳、様々な珍しい物を見物してきたが、これはまた格別と興じたという。

さて行き集ひて、今は植ゑののしるを御覧じやるも、いみじうをかしうおぼしめさる。ありつる楽《がく》のものどもも、道の程つつましげに思ひたりつる、かしこにては我《わが》ままにのみののしり遊び奏でたる様《さま》どもぞ、いみじうをかしく御覧ぜられける。折しもこそあれ、雨少しうち降りて、田子《たご》の袂《たもと》もしほどけたり。いつの程にか聞き集りけん、世人《よひと》数知らず並み立ちて、見る顔さへぞをかしく御覧ぜられける。（同前）

一同が移動してまぐさ田に集合し、いよいよ賑やかに田植えする様も、宮はたいそう面白く御覧になる。音楽隊も、先ほど宮様の前を行進した時は緊張気味だったが、田では本領を発揮し思う存分大声を上げたり演奏したり、これまたたいそう面白い。ちょうど小雨が降り出して、野良人たちの袂は濡れそぼつ。と、いつのまに聞きつけたのだろう、数知れぬ庶民どもが集まって立ち並び、見物している。その顔までも、

宮は面白おかしく御覧になった。

音楽を聞きつけて、耳ざとい庶民たちがわらわらと集まり、土御門邸の崩された築地の周辺に群がり人垣を作って、雨に濡れることも構わず田楽を見物した。数知らずいたという彼らは、おそらく老若男女様々《さまざま》で、粗末な衣服をまとい、あるいは肌を露出し、目を見開いたり大口を開けて笑ったりと、素朴な表情をしていたのだろう。そんな庶民たちと、後一条天皇と東宮・敦良《あつなが》親王の母であり、女性として国家最高の地位にある太皇太后彰子が、堅牢な塀で隔てられることもなく一つの空間を共にし、一つの芸能を目にして興じた。強固な身分制のこの時代、それは特殊なできごとであっただろう。たとえほんのひとときに過ぎず、築地は多分すぐに築き直されたに違いなかったとしても。

平安京で、築地は空間を囲み外部から隔てるために築かれた。ならばそれが崩れる時、空間は一種のアジールのような特殊な空間へと変わり、人々を呼び込んだのだ。

第5章

実る

橘

たちばな

1

人生の花と実

橘《たちばな》は平安時代、ミカンやダイダイなど柑橘《かんきつ》類の総称だった。白い花がかぐわしく咲き、実が成る。

「花も実もある人生」という言葉がある。華やかな外見だけではなく内容も充実した人生、名実ともに備わった人生のことを、喩《たと》えて言う。ではそれは、何の花と実なのだろうか。いや、もちろん物の喩えなので花の種類は何であれ構わない。だが少なくとも『源氏物語』によれば、橘はこれに当たるらしい。

光源氏の愛人、明石の御方。光源氏が官位を失って流離《りゅうり》した時代に、都から遠く離れた明石で出会い愛し合った女性だ。彼女は姫君を産み、姫はやがて天皇家に入内《じゅだい》して男子を産む。姫は女御となりその皇子は東宮《とうぐう》に立ち、光源氏家の末永い栄えが約束される。明石の御方は、光源氏にとって家の繁栄の功労者と言える。

　姫の皇子が東宮となった翌年の正月、光源氏は六条院で女性四人による華麗な演奏会を試みた。演じ手は、琴《きん》が光源氏の年若い正妻・女三の宮、箏《そう》の琴《こと》が明石の女御、和琴《わごん》が光源氏の糟糠《そうこう》の妻・紫の上、そして琵琶が明石の御方である。演奏はすばらしく、光源氏は心の内で、彼女たちをそれぞれ美しい花に喩えて称賛する。女三の宮は青柳、明石の女御は藤の花、紫の上は桜。そして彼が明石の御方に見出したのが、橘だった。

「かかる御あたりに、明石は気圧《けお》さるべきを、いとさしもあらず、もてなしなど気色《けしき》ばみ、恥づかしく、心の底ゆかしきさまして、そこはかとなくあてになまめかしく見ゆ」（『源氏物語』「若菜下」）

「このように高貴な女たちの中で、明石の御方は圧倒されて当然だというのに、決してそうでもない。たたずまいは貴品に溢《あふ》れて凛《りん》とし、深い思慮を漂わせて奥ゆかしく、そこはかとなく上品で優美ではないか」

女三の宮は朱雀院鍾愛《しょうあい》の内親王、明石の女御は今上帝の寵妃にして東宮の母であり、紫の上は式部卿の宮の娘で先帝の孫にあたる。彼女たちの溜め息の出るような地位や家柄に対して、明石の御方はどうか。素封家《そほうか》とはいえ都落ちした明石の入道の娘で、田舎育ちだ。産んだ姫も、彼女が育てたのでは入内に差し支えるからと、光源氏は紫の上に養育させた。だがそんな問題外とも言えるほど格下の御方を、彼はここで絶賛している。

「柳の織物の細長、萌黄《もえぎ》にやあらむ、小袿《こうちぎ》着て、羅《うすもの》の裳《も》のはかなげなる引き懸けて、ことさら卑下したれど、けはひ、思ひなしも心憎く、侮らはしからず。高麗《こま》の青地の錦の端《はし》さしたる褥《しとね》に、まほにも居で、琵琶をうち置きて、ただ気色《けしき》ばかり弾きかけて、たをやかに使ひなしたる撥《ばち》のもてなし、音を聞くよりも、またありがたくなつかしくて、五月《さつき》待つ花橘、花も実も具して押し折れる香りおぼゆ」(同前)

「柳襲《やなぎがさね》の織物の細長に、萌黄だろうか小袿を着て、高級な羅ながら仰々《ぎょうぎょう》しくない裳をまとっているところはことさらにへり下っているものの、思いなしか心憎く侮れない様子だ。高麗渡りの青地の錦で縁《ふち》取った品格ある褥《しとね》に、偉そうに陣取るでもなく琵琶をちょっと置いて、気色ばかり弾きかける撥《ばち》さばきのしとやかさ。音を聞けばまた無類のすばらしさに心惹かれる。彼女は実に、五月を待つ橘の樹の、花も実も備えて折り取った美しさを思わせる」

装束は、表の白に裏地の青（緑色）が透けるさわやかで落ち着いた色合いの羽織り物に、下半身にまとう「裳《も》」は女房が付けるべきアイテムなので彼女の謙遜を示すが、それもまた好ましい。舶来の錦を縁に飾った敷物に控えめに座り、琵琶の演奏も遠慮がちだが腕前は輝いている。彼女はどこを捉えても、抑えた外見の下から内面の気品があふれ出ている女性なのだ。こんな彼女を見て光源氏が連想したのが橘だった。それも、「花も実もある」枝の橘である。それはなぜか。この賛辞には、一体どのような意味が込められているのだろうか。

花も実も

『源氏物語』は、明石の御方を喩《たと》えて「花も実も具して押し折れる」花橘と言っていた。だが、通常の順番ならば、花が咲き散ってから実がつくもので、花と実が同時に一つの枝についているなどありえない。しかし『枕草子』にはそんな橘が記されている。

四月のつごもり、五月のついたちのころほひ、橘の葉の濃く青きに、花のいと白う咲きたるが、雨うち降りたるつとめてなどは、世になう心あるさまにをかし。花の中より黄金《こがね》の玉かと見えて、いみじうあざやかに見えたるなど、朝露に濡れたるあさぼらけの桜におとらず。郭公《ほととぎす》のよすがとさへ思へばにや、なほさらに言ふべうもあらず。

（『枕草子』「木の花は」）

四月末や五月初めの頃、濃い緑の葉の橘が真っ白な花を咲かせているのが、雨模様の早朝などには、最高に趣深くて素敵だ。花の間から黄金の玉にまがうような実が鮮やかに覗いているところなど、朝露に濡れた夜明け方の桜に引けを取らない。郭公のゆかりと思うからだろうか、やはり全然言葉にできないくらいだ。

緑の葉、白い花びら、そして黄金色の実の鮮やかなコントラスト。柑橘類は結実の時期が長く、去年の実がついたまま花が咲くことがあって、こうした光景を目にすることもしばしばあるのである。

同様の例は『和漢朗詠集』所載の漢詩にも詠まれている。

枝には金鈴《きんれい》を繋《か》けたり春の雨の後《のち》　花は紫麝《ししゃ》を薫《くん》ず凱風《かいふう》の程（『和漢朗詠集』「夏」「花橘」具平親王《ともひら》）

――枝に金の鈴が掛かる、春の雨の後。花が麝香の香を放つ、南風の頃。

春雨の後、そよ風の夏に、実がなり花も咲く。作者の具平親王《ともひら》（九六四～一〇〇九）は清少納言と同時代の人で、一条天皇とも親しく漢詩を贈りあった文雅の人だった。この詩句を清少納言が知っていた可能性は高く、『枕草子』でも参考にしているのかもしれない。いずれにせよ、橘は花も実も同時に一つ枝にあって不思議ではないのである。

文化勲章の橘

文化勲章と言えば、文化の発展に大きく寄与した者に与えられ、受章者は毎年大きく報道され称賛されて、日本の勲章では最も権威あるものではないだろうか。その勲章のデザインが橘である（図5－1）。それも白い五弁の花だけではなく、緑の橘の樹に加え黄色い実もデザインされている。内閣府によれば、このデザインの理由は次のとおりだという。

常緑樹である橘は、平安京の頃から京都御所紫宸殿の南庭に植えられ、「右近の橘」と称されるなど古来から珍重されており、その悠久性、永遠性は文化の永久性に通じることから、文化勲章のデザインに採用されたと言われています。

（内閣府ホームページ　勲章の種類（文化勲章））

図5-1　文化勲章（出典：内閣府ホームページ）

『源氏物語』で光源氏が橘に託したイメージは、おそらくここで言われている「古来から珍重されている」ていることや「悠久性、永遠性」とかかわりがある。だがそれを知るには、平安時代を飛び越えて遠く上代に遡《さかのぼ》らなくてはならない。

では『日本書紀』を繙《ひもと》こう。そこで橘は、常世《とこよ》の国からもたらされた果実と記されている。

（垂仁天皇）九十年の春二月の庚子の朔《つきたち》に、天皇、田道間守《たちまもり》に命《みことおほ》せて、常世国《とこよのくに》に遣《つかは》し、非時香菓《ときじくのかくのみ》を求めしめたまふ。〈「香菓」、ここには「かくのみ」といふ。〉今し橘と謂《い》ふは是なり。（『日本書紀』垂仁天皇九十年）

（垂仁天皇）在位九十年の春二月一日、天皇は田道間守に命じて常世の国に赴かせ、非時香菓《ときじくのかくのみ》を求めさせなさった。〈「香菓」はここでは「かくのみ」と読む。〉現在、橘と呼んでいるものがこれである。

垂仁天皇が田道間守を赴かせたのは常世の国なる異界だった。この世では手に入らない珍しい果実。それが橘だったのだ。なお、現在の橘の実は苦みがあって食用には適さないので、この時求められた伝説の果実の正体は謎である。神話では霊力のある果実と言えば桃で、例えば冥界《めいかい》に行ったイザナギノミコトが亡者となった妻のイザナミノミコトに追いかけられた時は、桃の実を投げつけて撃退した。だがその後、イザナギが冥界でのケガレを洗い流した地は「橘の小門《をど》」という地名だった（『古事記』上巻）。橘もやはり、禊《みそぎ》の地の名にふさわしい聖なる植物と見なされていたのである。また、橘は垂仁天皇から「非時香菓《ときじくのかくのみ》」と呼ばれており、「非時《ときじく》」とは時にかかわらず常にあることを意味する。現実には柑橘類が実を付けるのは秋から冬だが、伝説の橘は季節を問わない、まさに悠久と永遠のイメージをまとっていたのである。

しかし常世の国は万里の波の向こうにあった。『日本書紀』が続いて記すことによれば、田道間守が使命を果たすことができたのは十年後のことで、彼が橘を持ち帰ると天皇は崩御してしまっていた。田道間守は慟哭し、今更自分が生きていても何になろうと、御陵で息絶えた。群臣は皆涙を流したという。この時田道間守が示した忠節というイメージもまた、伝説の橘がまとっていたものとして覚えておきたい。

実さへ花さへ

時は流れ、奈良時代。聖武天皇が橘を絶賛した歌が『万葉集』にある。

橘は　実さへ花さへ　その葉さへ　枝に霜置けど　いや常葉《とこは》の木（『万葉集』巻六―一〇〇九）

――橘は、実まで花までその葉まで、枝に霜がおりても永遠に緑の木であることよ。

「花も実もある」ではないが、まさに実と花、葉も含めて橘がまるごと褒められている。ただし、この「橘」は、ひとり植物の橘のことだけを表すものではない。ここには忠節の一族「橘氏」の意が込められているのである。天平八（七三六）年、皇族の一員だった葛城《かづらきの》王《おう》らが天皇に願い出て、「橘」なる姓を賜った。和歌はその折の宴で詠まれたものだ。葛城王は橘《たちばなの》諸兄《もろえ》と改名し、やがて正一位左大臣に上って政権を握った。

実は橘はこれより三十年近く前、もと県犬養《あがたのいぬかいの》三千代《みちよ》といった諸兄の母が賜った姓だった。諸兄はこの母方の姓を途絶えさせたくないと、自ら賜姓を願い出たのだった。天皇に奉った文章の中で、諸兄はかつて母三千代の受けた名誉を懐かしく振り返る。

天皇《すめらみこと》、忠誠の至を誉めて坏に浮かべる橘を賜ひき。勅《みことのり》して曰《のたま》ひしく、「橘は菓子《くだもの》の長上《ちやうしやう》にして、人の好む所なり。柯《えだ》は霜雪《そうせつ》を凌《しの》ぎて繁茂《しげ》り、葉は寒暑を経て彫《しぼ》まず。珠玉と共に光に競《きほ》ひ、金《くがね》・銀《しろがね》に交りて逾美《いよいようるは》し。是《ここ》を以《もち》て、汝の姓は橘宿禰《たちばなのすくね》を給ふ」

(『続日本紀』天平八(七三六)年十一月十一日)

当時の元明天皇は、母の忠誠を誉めて、盃に浮かべた橘をくださいました。そしておっしゃったのです。「橘は最高の果物で、人から好まれる。枝は霜や雪に負けず繁茂し、葉は寒さ暑さに遭っても萎れない。実は宝玉と競うほどに輝き、金・銀と共にあってもますます美しい。だから、汝には『橘』宿禰の姓を与えるのだ」

元明《げんめい》天皇が三千代の「忠誠」を称賛して賜った姓、それが橘だった。人に愛され、苦境にめげず、見事に成果を上げたことが評価され、その働きに相応《ふさわ》しい「橘」という姓に結実した。まさに名は体を表すということである。その母の姓を諸兄が名乗りたいと願い出たのは、自らもまたその子孫たちも代々、母に倣って刻苦、忍耐、忠節の一族であることを継承したいという決意表明だった。だからこそ聖武天皇は、橘を寿《ことほ》ぐ和歌をもって諸兄を励ましたのだ。

大伴家持の「橘の歌」

橘諸兄より三十年ほど遅れて生まれ、諸兄と親交があったのが、『万葉集』の成立に深くかかわった大伴家持《おおとものやかもち》である。彼が橘を詠んだ歌も『万葉集』にはある。おそらく諸兄のことを念頭に置いて詠んだと思われる長歌と反歌は、実に美しい。

かけまくも　あやに恐《かしこ》し　天皇《すめろき》の　神の大御代《おほみよ》に　田道間守《たぢまもり》　常世《とこよ》にわたり　八《や》
矛《ほこ》持ち　参《ま》る出来《でこ》し時　時じくの　香菓《かくのこのみ》を　恐《かしこ》くも　残したまへれ（『万葉集』巻十八―
四一一一）

申し上げるのも恐れ多いが　天皇のまだ神代の頃　田道間守が常世に渡り　八矛を持って帰って来た時「非時《ときじく》の香菓」として　恐れ多くも遺された　それが橘だ。

長歌は『日本書紀』のあの伝説から始まる。常世の非時の実というのが、橘といえば第一に想起されるものだったのだ。家持はこの後、春夏秋冬の橘を順に礼讃してゆく。夏についてはこのとおりだ。

ほととぎす　鳴く五月《さつき》には　初花《はつはな》を　枝に手《た》折りて　娘子《をとめ》らに　つとにも遣《や》りみ
白たへの　袖にも扱《こき》入れ　かぐはしみ　置きて枯らしみ　落《あ》ゆる実は　玉に貫《ぬ》きつ
つ　手に巻きて　見れども飽かず（同前）

ホトトギスが鳴く五月には橘の初花を枝ごと折って、乙女たちに贈ったり、しごいて袖に入れていい香りなので枯れるまでそのままにしたり。落ちた実は、宝石のように糸を通して手首に飾り、いつまで見ても飽きることがない。

ここに現れた「五月」や「ほととぎす」は、平安時代には、橘と共に詠まれるおなじみの言葉となる。そのため、その概念の源流に家持歌を位置づける説もある。長歌によれば彼は五月に咲いた花を袖に入れて、枯れるまで香りを楽しんでいた。香りは馥郁《ふくいく》として袖の外まで伝わっただろう。枯れ枝を捨てた後も移り香として袖に残っただろう。橘を愛でる家持の目は、伝説の橘から雅《みやび》の橘に移ったかのように思える。だが、長歌を締めくくる反歌は次のとおりだ。

橘は　花にも実にも　見つれども　いや時じくに　なほし見が欲し（『万葉集』巻十八―四一一二）

――橘は花としても実としても見てきたが、いややはり永遠に見続けたいことよ。

聖武天皇御製の「橘は実さへ花さへ」に酷似した初句と第二句。第四句には、御製の最終句「いや常葉の木」にもあった「いや」という言葉も見える。そしてその後には「時じくに」。もちろん、伝説の橘のキーワード「非時《ときじく》」である。つまり家持の長歌と反歌は、冒頭と末尾に『日本書紀』の伝説の橘と天平の橘一族の橘を置いて、その間に美と香りの樹・橘を挟んだ歌と言える。中に込められた思いで言い換えれば、悠久の命と永遠の忠節の間に優雅な美意識を挟んだ、とでも言えようか。こうして橘のイメージは、硬軟二つのものが重なり合いながら時代を越えていくことになる。

女性が拓いた明石一族

『源氏物語』に戻ろう。光源氏はなぜ明石の御方を橘に、それも一つの枝に花も実も付けたそれに喩えたのか。古代からの橘を追ってくると、その理由が見えてきた。

古代の橘は霊力のある植物とされていた。その視点から明石の御方を見てみれば、彼女は「**海竜王の后になるべきいつき娘**(海竜王の后になるべき箱入り娘)」と噂される(『源氏物語』「若紫」)など、特に住吉信仰に関わる聖なる女性として描かれている。また奈良時代、橘姓を与えられた三千代は女性ながら天皇に尽くした功績を認められ、一族は息子の諸兄に継承され繁栄した。明石の御方も人生を光源氏に捧げて実家の一族を栄えさせ、その功労は娘に受け継がれて実を結ぶ。

実は明石の御方の父・入道は父が大臣で、その弟にあたるのが、光源氏の母・桐壺更衣の父である按察使大納言《あぜちのだいなごん》だった（系図）。「桐壺」巻をさらに遡る昔、明石大臣と桐壺大納言はおそらく政争に敗れ、失意の中で亡くなったと思しい。そこで大臣の息子である入道は明石に潜伏し、娘を擁して時を待った。一方、大納言の娘・桐壺更衣は入内して光源氏を儲けた。彼らの思いは共にお家の復興と再びの繁栄であった。だから明石の御方が光源氏の姫を産むとは、二つの家の願いが一つになるということを意味する。

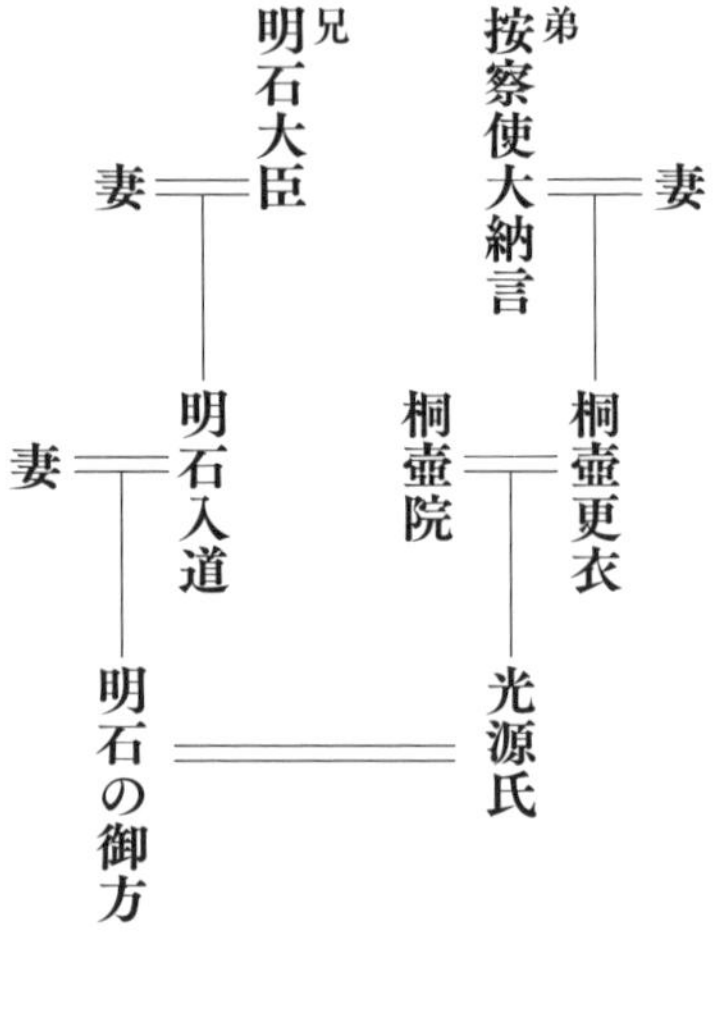

そしてその先に起こるべきことも、入道の目には既に見えていた。姫が入内して男子を産んだ時、入道は明石の御方に長い手紙を書いて、初めて明かした。

＝　**わがおもと生《む》まれたまはむとせし、その年の二月のその夜の夢に見しやう、みづか**

ら須弥《すみ》の山を右の手に捧げたり、山の左右より、月日の光さやかにさし出でて世を照らす、みづからは、山の下の蔭に隠れて、その光に当たらず、山をば広き海に浮かべ置きて、小さき舟に乗りて、西の方を指して漕ぎ行くとなむ見はべし。(『源氏物語』「若菜上」)

我が娘よ、あなたがお生まれになろうという年の二月のその夜、私は夢を見たのです。私は須弥山を右手に捧げています。そして山の左右から月と日の光が明るく射し出でて、世を照らすのです。が私自身は山の下の陰に隠れてその光に当たらず、山を広い海に浮かべて、小さい舟に乗って西の方を指して漕いで行く。そんな夢を見たのですよ。

入道が捧げる須弥山《しゅみせん》は、明石の御方が拓く世界。月と太陽が射し出るとは、そこから后と東宮が生まれることを示すと解かれる(『花鳥余情《かちょうよせい》』)。そしてこれは、やがて正夢となった。姫は中宮に、皇子は東宮に。明石の御方は光源氏に忠節を捧げて、傾いた一族を再び花咲かせることができた。

その弥栄《いやさか》は、『源氏物語』では光源氏の死後、「匂兵部卿」巻に記されている。

二条院とて造り磨き、六条院の春の御殿《おとど》とて世にののしりし玉の台《うてな》も、ただ一人の末《すゑ》のためなりけりと見えて、明石の御方は、あまたの宮たちの御後見《うしろみ》をしつつ、扱ひきこえたまへり。（『源氏物語』「匂兵部卿」）

「二条院」と磨きたて、「六条院の春の御殿」と大評判だった玉座も、結局は唯一この女君のご子孫のためだったと見える。明石の御方は、祖母として大勢の宮たちを見守りつつ御世話申し上げている。

橘の永遠性は、とこしえに彼女の一族を守り続けている。やはり光源氏の目に狂いはなかったのだ。

第6章

待つ

橘

たちばな

2

「五月待つ」の和歌

『源氏物語』で光源氏が明石の御方を橘に喩《たと》えるくだりには、「五月《さつき》待つ花橘の」とあった。これは『古今和歌集』の次の和歌を引いたものである。

題知らず　　読み人しらず

五月待つ　花橘の　香をかげば　昔の人の　袖の香ぞする（『古今和歌集』夏一三九）

―五月を待つ花の橘。その香りをかぐと、昔親しんだ人の袖の香りがする。

香りが呼び覚ます、遠い日の記憶。教科書にも取り上げられていて、私も古典の授業で知り共感を覚えた。嗅覚は脳の記憶領域と深く結びついているという。現代の私たちも、土の匂いで故郷の風景が浮かんだりパンの匂いで小学校の教室がよみがえったりと、何かの匂いをきっかけに遠い日の記憶が思い出されることは珍しくない。

『古今和歌集』では「読み人しらず」とされており、延喜五（九〇五）年頃の歌集編纂時には既に和歌だけが広まり、作者の知れなくなっていたものである。一方でこの和歌は朗詠の歌詞集『和漢朗詠集』にも採られているので、メロディを付けて歌われてもいたことになる。平安びとに人気の和歌だったのだ。

だが改めて読んでみると、この歌はわかりにくい。初句の「五月待つ」は一般に「五月を待って咲く」と解釈されているが、実は『古今和歌集』の配列によると、この和歌は五月より前の位置に置かれているのである。その時点で香りがかげるのだから、すでにこの橘は咲いている。『枕草子』「木の花は」を思い出すと、「**四月のつごもり、五月のついたちのころほひ**」に咲いているとある（75ページ）ので、橘は四月末には開花し始める。つまりこの和歌の橘は、五月になる前、四月末から咲いて、芳しい香りを漂わせながら五月を待っているのだ。

では、五月の何を待っているのだろうか。その正解もやはり『古今和歌集』の配列にある。『古今和歌集』の春夏秋冬の巻は、それぞれの季節の景物を詠み込んだ和歌が、景物ごとに時の進行に沿って並べられている。そしてこの和歌の前後には「時鳥《ほととぎす》」の和歌が置かれている。ホトトギスは春の桜と同様に、平安びとの季節感を掻き立てた景物である。その独特な鳴き声を、五月になる前から待ちかね、鳴き始めれば堪能した。「**五月待つ山郭公《ほととぎす》**（五月を心に期する山ホトトギス）（一三七番）」「**郭公《ほととぎす》梢遥かに今ぞ鳴くなる**（あっ今、ホトトギスが高い梢で鳴き出した）（一四二番）」「**五月雨の空もとどろに郭公《ほととぎす》**（梅雨の空に鳴き声が鳴り響くホトトギス）（一六〇番）」。「五月待つ花橘（一三九番）」の二首前の一三七番に始まり一六四番までは、全二十八首にわたる「時鳥」コーナーなのである。「五月待つ花橘」の和歌は、その中でぽつんと一つだけ「時鳥」という語句を含まない。だが、「時鳥」コーナーに置かれているからには、これもまた「時鳥」の和歌に違いないのである。ならば言外にホトトギスを詠んでいるということになる。

では、「五月待つ」の部分にその「言外」があるのではないか。後で触れるようにホトトギスは、『万葉集』の時代から橘と対《つい》にして詠まれてきた。『枕草子』にも橘は「**郭公のよすが**（ホトトギスの居所）」（「木の花は」）とある（75ページ）。そしてそのホトトギスは、五月になるとやって来る。ならば「五月待つ花橘」とは、「芳しく咲いて、時鳥の来る五月を待っている花橘」と解釈するべきだろう（片桐洋一『古今和歌集全評釈』上）。加えて、ホトトギスは橘の香りに惹かれてやって来るので、橘は五月になる前から咲いて香りを漂わせ、ホトトギスを待ち受けているのだという解釈もある（竹内正彦）。

さらには、下の句。橘が思い出させた「昔の人の袖の香」は、袖に染みた薫香と理解されることが多いが、この時代、どの香木や香料をどのように調合すれば橘に似た香りが作れたのかが、わからない。この疑問からは、むしろこれが人工の香《こう》ではなく橘そのものであったという推測も生まれる。『万葉集』でも大伴家持が橘を「**袖にも扱《こき》入れ　かぐはしみ　置きて枯らしみ**（しごいて袖に入れていい香りなので枯れるまでそのままにする）」（巻十八―四一一一）と詠んでいた（83ページ）。そのように携帯した橘の香り、あるいはその移り香が袖に残ったものだったかもしれない。他にも、当時はみかんの皮を洗剤として使ったので「みかんの皮の匂い＝橘の香りが、家庭の主婦の愛情を示すものだった」という三田村雅子の説もある。

これらをすべて盛り込んで、「五月待つ」の和歌を詳細に解釈すると、次のようになろうか。

芳しく咲いて、変わらぬ心で五月を待つ花橘。五月には香りに惹かれてホトトギスがやって来るのだ。その花の香りをかぐと、昔親しんだ人、橘を大切にしまっていたあの人の袖の香りがする。

花は咲いて「待つ」。ホトトギスは「来る」。思い出す「昔の人」。どこかしらドラマの香りが漂ってきた。

『伊勢物語』の花橘

この和歌は『伊勢物語』にも登場する。しかしその物語は、和歌の花橘とは逆に、待たなかった女の悲劇である。

むかし、男ありけり。宮仕へ忙しく、心もまめならざりけるほどの家刀自《いへとうじ》、まめに思はむといふ人につきて、人の国へいにけり。この男、宇佐《うさ》の使にていきけるに、ある国の祇承《しぞう》の官人の妻《め》にてなむあると聞きて、「女あるじにかはらけとらせよ。さら

ずは飲まじ」といひければ、かはらけとりていだしたりけるに、さかななりける橘をとりて、

五月《さつき》待つ　花たちばなの　香をかげば　むかしの人の　袖の香ぞする

といひけるにぞ思ひいでて、尼になりて山に入《い》りてぞありける。（『伊勢物語』六十段）

むかし、男がいた。仕事が忙しくて妻を顧みなかったところ、妻は「誠意をもって愛そう」と言ってくれた人について他国に行ってしまった。ある時、もとの男は宇佐八幡宮に勅使として遣わされることになったが、聞けばかつての妻が、道中のとある国の接待係の妻になっているという。そこで彼は接待の席で「女主人に酌をさせよ。さもなければ飲まない」と言った。女が盃を取って差し出したところ、男はつまみの橘を手にしてこう言った。

芳しく咲いて、変わらぬ心で五月を待つ花橘。五月には香りに惹かれてホトトギスがやって来るのだ。その花の香りをかぐと、昔親しんだ人、橘を大切にしまっていたあの人の袖の香りがする。

歌を聞くや、女はその男が元夫であったことを思い出した。そして尼になり山にこ

――もってしまったのだった。

仕事にかまけて自分を大切にしてくれない男を裏切り、女は別の男のもとに奔《はし》った。去られた男は女を忘れられず、やがてついでを得た時、再会を画策する。そして久々に目の前に現れた女が、自分を前夫とも気づかずに酌をしようとした時、彼は盃を受け取らず、ふと橘を手に取る。そして「五月待つ」の和歌をつぶやく。この花の香りをかぐと、かつての女のことを思い出すのですよ。いつも貞淑に私を待っていてくれた女だった、と。懐かしさをこめ、未練と恨みをも込めて詠んだのだ。妻はそれを聞いて彼だと気づき、自分を恥じて世を捨てた。

「五月待つ花橘」の和歌を、従来のようにただ昔の人を懐かしむだけの和歌と解釈すると、この段の男の皮肉や恨みはわからない。むしろ、男は女に愛を抱き続け秀歌を詠んだ雅の人だったとなる。女はその愛と雅の前に我が身を恥じたのだと。そう解説している注釈書もある。だが前節のように解釈すれば、たちまち男の底意が浮き彫りになる。酌を所望しながら盃を受け取らず、橘をつまんだところから、たくらみは始まっていた。「おや、橘がある。漢詩文では貞節のしるしの実ですね」とばかりに。そして和歌は、「そういえば、橘の花は心変わりせず、芳しく咲いてホトトギスを待っているのですよ」と続く。「昔の女の袖が、この香りでした。思い出しますよ。懐かしいなあ」。もしも三田村説のように、橘の香りが主婦をイメージさせるものだったとすれば、女が前夫の「家刀自」つまり「専業主婦」であったことと呼応する。男ははっきりと、女を詰《なじ》っている。心変わりせず待つ橘、それに比べて夫を裏切って逃げたお前、と。前妻はその責めに耐えかねて、尼となり山にこもった。

それにしても、妻の裏切りの原因は彼にあったというのに、これはあまりに残酷な話ではないだろうか。男は自らを悔いることもなく、去った女の前に現れた。そして昔を懐かしむ言葉の裏で女を責めた。女は追い込まれて世を捨てたのだから、男の愛は女を不幸にしたことになる。この段が描いているのは、忘れられない愛が引き起こす悲劇ではないか。

『和泉式部日記』の「五月待つ」歌

「五月待つ花橘」の和歌は、『和泉式部日記』の冒頭場面でも重要な役割を果たしている。

長保五（一〇〇三）年、夏。和泉式部は前年に亡くなった恋人・為尊《ためたか》親王を追慕《ついぼ》しつつ、独り鬱々《うつうつ》と暮らしていた。そこへ思いがけなくも、彼の弟・敦道《あつみち》親王から橘の花を贈られる。

「『これもて参りて、いかが見給ふとたてまつらせよ』とのたまはせつる」とて、橘の花をとり出でたれば、「昔の人の」と言はれて。(『和泉式部日記』四月十余日)

使いの小舎人童が「弟宮さまが、『彼女にこれをお持ちして、どう御覧になりますかと言ってお渡しせよ』とおっしゃいました」。そう言って橘の花を取り出すものだから、つい「昔の人の」と言ってしまった。

和泉式部の口をついたのは「昔の人の」。「五月待つ花たちばなの香をかげばむかしの人の袖の香ぞする」の第三句である。橘の花一枝だけでこの和歌が浮かんだことには、理由がある。もちろん、当時この和歌が『古今和歌集』に載っている橘歌の古典としてよく知られていたということ。また、敦道親王と和泉式部が共に雅《みやび》を心に置く教養人であったということ。しかしそれ以上に、二人の置かれていた状況である。為尊親王という共通の存在を喪い、二人は共に深い哀悼のなかにあった。彼の死は前年の夏で、作品は今を「四月十余日」と言っているから、既に一年近くが経とうとしている。だが追慕の思いはやまず、同じ夏が再び巡ってきた今、むしろこみ上げるばかりである。まさに「五月待つ」折柄、変わらない心を表す「橘」の花、そして偲《しの》ばれる「昔の人」。この和歌は弟宮の心を代弁しすぎるほど代弁する和歌だった。「心変わりせぬ橘が五月を前に開花してホトトギスを待つ時節です。この花の香りをかぐと、昔の人を思い出すという。あなたも兄を思い出しているでしょうか」。橘の花一枝に、弟宮はこの意味を込めた。そして和泉式部も同じ思いであることに賭けた。果たしてそれは正しかったのである。
和泉式部は心を動かされて次の和歌を詠んだ。

薫る香に　よそふるよりは　ほととぎす　聞かばや同じ　声やしたると（同前）

――あの和歌には、橘の薫る香によせて昔の人を思い出すとありますね。でも私はむしろホトトギスの声が聞きたい。亡くなった宮様、今も同じ声だろうかと。

「五月待つ」の和歌では、橘はホトトギスの来る五月を待って咲いている。だがそのホトトギスがやって来たかどうかはわからない。和歌の下の句は、その花の香りから作者が昔の人を思い出すことへとずれてしまっているからだ。今、花を贈ってくれた敦道親王は和歌のとおりに昔の人・為尊親王を思っており、それは和泉式部ももちろんのことである。だが彼女は、もう一歩踏み込んだ思いを詠む。私は記憶ではなくあの方の実体がほしい。ホトトギスのように冥界から来て声を響かせてほしい。生きていた時そのままかどうか、宮様の声を確かめたい、と。

たった一枝の橘を介して、二人の間に古歌の言葉が立ち上がり、故人の記憶が鮮やかによみがえる。二人は同じく故人への哀悼を忘れない者として、思いを共有する。それは言わば挨拶の行為だろう。だが和泉式部は、挨拶を超えた本音を吐露した。その踏み込みが、今度は弟宮の心を動かす。悲しみの闇の中にあった二人の心は、橘に、そして古歌に促されて再生を始めるのである。

常世の橘、冥界のホトトギス

「五月待つ花橘」の和歌は、五月のホトトギスを待つ花橘を詠んだものだと、先に述べた。

また『和泉式部日記』では、古歌を口にした和泉式部がホトトギスを詠み込んだ和歌で返していた。ここでホトトギスに触れておかなくてはならない。

ホトトギスは、ホトトギス目ホトトギス科に属する鳥で、全長約二八センチ、五月頃に東南アジア方面から日本に渡って繁殖する。雄の鳴き声は甲高く「キョッキョ、キョキョキョ」と聞こえるので、「テッペンカケタカ」「特許許可局《とっきょきょかきょく》」など意味のある言葉をあてて興じられる。古くから親しまれて、和歌に詠まれるなど雅《みやび》な鳥とされた。特に平安貴族は、五月になるといち早くホトトギスの声を聞くことを競った。一方「死出《しで》の田長《たおさ》」の異名があり、民俗学的には「死」のイメージを負うことが多い。

文学でホトトギスと対《つい》になる植物には、花橘以外に卯の花や藤の花もあり、いずれも初夏に咲き誇る花である。花橘と共に詠まれた一例を見てみよう。

…ほととぎす　鳴く五月《さつき》には　あやめぐさ　花橘を　玉に貫《ぬ》き　縵《かづら》にせむと　九月《ながつき》の　時雨《しぐれ》の時は　黄葉《もみちば》を　折り挿頭《かざ》さむと…（『万葉集』巻三―四二三）

――ホトトギスが鳴く五月には、あやめ草や花橘を糸でつないで冠にしよう。九月の時

――雨の時には、紅葉した葉を折り取ってかんざしにしよう。

ここにはホトトギスとあやめと花橘が、五月を代表する季節の景物として、九月の紅葉と並んで挙げられている。季節感ははっきり表れているが、それ以上のものは読み取れない。

だが既にこの頃、ホトトギスは特殊なイメージを負った鳥だった。例えば額田王《ぬかたのおおきみ》が天武天皇を偲《しの》んで詠んだ挽歌《ばんか》には、こうある。

いにしへに　恋ふらむ鳥は　ほととぎす　けだしや鳴きし　我《あ》が思へるごと（『万葉集』巻二―一一二）

――過ぎ去った昔を切なく求めるという鳥、それはホトトギス。きっと泣いたことでしょう、私があの方を思っているように。

「いにしへに恋ふらむ鳥」の「らむ」は伝聞の意。つまり額田王は、ホトトギスが過去を恋い慕う鳥だという伝承を聞いていた。そして、亡き天武天皇を恋い慕って泣く自分と重ねた。

大伴家持《おおとものやかもち》の父・旅人《たびと》は、神亀五(七二八)年、大宰府《だざいふ》で妻の大伴郎女《おおとものいらつめ》を亡くした。『万葉集』には、その時彼が妻を恋い偲んだ挽歌も、山上憶良《やまのうえのおくら》が寄せた挽歌も見える。そして翌年の夏、都からはるばる大伴郎女への弔問の勅使がやって来た時、旅人は次のように詠んだ。

橘の　花散る里の　ほととぎす　片恋しつつ　鳴く日しそ多き(『万葉集』巻八―一四七三)

――橘の花が散る里のホトトギスは、報われぬ片思いをしながら鳴く日が多いことだよ。

「橘は常世のものだったはずだが、この歌では散っている。「散っていく橘の花に常住ならぬ人の命が象《かたど》られていよう」(竹内正彦)とする見方は、十分に共感できる。そして花橘を訪《と》うたこのホトトギスが、額田王の歌と同じく「死」のイメージで詠まれていることは間違いあるまい。ホトトギスは過去を恋い慕って日々鳴いているが、どんなに泣こうが片恋で、思いが叶うことはない。それは、もう会えない亡妻を恋い慕って泣く旅人自身の姿である。

花橘、ホトトギス、死、故人の記憶、哀悼。それらはすべて『和泉式部日記』冒頭場面のモチーフだった。遠い時代の大伴旅人の慟哭《どうこく》が、和歌の水脈を通じて平安時代に流れ込み、名も伝わらない誰かに「五月待つ花橘」の歌を詠ませ、それがまた歌の流れを創って、和泉式部に到達したと見てよい。そしてその流れの中に、『源氏物語』もある。

花散る里

大伴旅人の和歌には「花散る里」という言葉があった。『源氏物語』にはこの名を冠した巻がある。それは巻の中で光源氏が詠んだ次の和歌による。

〓橘の　香をなつかしみ　ほととぎす　花散る里を　たづねてぞとふ（『源氏物語』「花散里」）

―橘の香りが慕わしくて、ホトトギスは橘の散るこの家を訪ねてやって来たのです。

巻は短く全編が哀愁と懐旧に満ちる。光源氏の父・桐壺院が亡くなり、長男で光源氏の兄にあたる朱雀帝が即位して、その岳父の右大臣一家が権力を握った。光源氏にとっては逆風の世であり、彼は日々の暮らしに鬱々《うつうつ》とせずにはいられない。そんななか、彼は父の妃であった麗景殿女御《れいけいでんのにょうご》を訪《おとな》う。道中、かつて言い寄った女の家を見つけて声をかけるも拒まれてしまうが、麗景殿女御とその妹は、昔通りに彼を迎えてくれた。女たちそれぞれの、変わる心もあり変わらぬ心もあることを思い、光源氏は感慨にふける。

巻の最初で時節は五月と断りつつ、その代表的な景物である橘は、前半部には全く登場しない。だが光源氏が麗景殿女御の邸に着くや、「**近き橘の香りなつかしく匂ひて**（軒近くに橘の香りがゆかしく匂って）」と橘が描かれる。この巻では、橘は明らかに貞節と懐旧の記号である。

光源氏は自らをホトトギスに重ね、先の和歌を詠んだ。この邸「花散る里」の女たちは、自分というホトトギスを待っていてくれた。だから自分はその香りを慕ってこの宿を訪ったのだと。もちろんそこには亡くなった桐壺院の影が漂っている。冥界からの使いであるホトトギス――哀悼の心を抱き続ける光源氏は、この世で永遠に忠節を誓い続ける橘のような女たちに惹かれて、その枝にやって来たのである。

なお、この巻以後「花散里」と呼ばれる女君《おんなぎみ》は、光源氏の息子を養育したり季節の衣類を用意したりと、光源氏家の主婦的な役割を果たすことになる。先に触れたように橘の香りが洗剤から主婦をイメージさせる香りであったとすると、この名は彼女のあり方に重なる。もちろん、それなりに身分のある彼女が光源氏の衣類を洗濯したとまでは考えられない。ただ、家事をイメージさせる香りと、家事をとりしきった女君ということである。

食べ物としての橘

最後に、食べ物としての橘の実に触れておこう。本書は「物」について述べることが趣旨だが、橘についてはイメージばかりを述べてきた。だが橘は「物」、特に食べ物として平安びとの生活にしっかり根付いていた。そういえば、先に見た『伊勢物語』でも、橘は接待の席のつまみとして出されていた。

現在「橘」と呼ぶヤマトタチバナの実には苦みがあって食べづらいが、当時の「橘」は柑橘類の総称だったので、ダイダイか、それとも小型種の蜜柑《みかん》だったか。いずれにせよ、柑橘類一般の爽やかな酸味から、文学作品には宴のデザート以外にも妊婦や病人の食べ物として登場する。

『篁《たかむら》物語』は、小野篁《おののたかむら》を主人公に擬して、腹違いの兄妹の悲恋を描く。文章道《もんじょうどう》の学生《がくしょう》である兄が妹に学問を教えるうち、二人は恋に落ち妹は妊娠する。

かく夢のごとある人は、孕《はら》みにけり。書《ふみ》読む心ちもなし。「れいの、障りせず」など、うたてあるけしきを見て、人びと言ふ。この兄も、「いとをし」と見て、春のことにやありけん、物も食はで、はなかうじ・橘をなむ、願ひける、知らぬ程は、親求めて食はせ、兄、大学のあるじするに、「皆取らまほし」と思ひけれど、二三ばかり、畳紙に入れて、取らす。(『篁物語』)

このようにうつつとも思えず恋をした相手が、妊娠した。兄は勉強する気にもならない。妹は「いつもの月の障りがない」など不安げな様子で、それを見て家の女房たちが不審がり噂する。兄も「可哀そうに」と見守る。妹は何も食べられなくなり、春の事だったのだろうか、花柑子や橘を欲しがる。兄妹の恋や妊娠のことなど知らぬ間は親が求めてきて食べさせ、兄も兄で、大学で饗宴を担当した時、つまみの橘を「全部取って帰りたい」と思ったがさすがに憚られ、二つ三つばかり畳紙に包んで帰って食べさせた。

妹はつわりのため食べ物を受け付けないが、橘を欲しがる。篁は、おそらく大学の漢詩会の後の宴で供された橘の実を、「全部ほしい」と思う。その心が切ない。だがそれでは怪しまれるからと、目立たないように数個だけ大切に包んで帰る。その遠慮がまた、切ない。やがて二人の恋は親に露見し、結局この妹は死んでしまうのだ。

いろいろな情報が得られておもしろいのは、『うつほ物語』の病人食の橘である。「牛車」の章でも触れたヒロインあて宮の求婚者のうち「三奇人」と呼ばれる変人の一人、三春《みはるの》高基《たかもと》にまつわる笑い話だ。高基は叩き上げで大臣にまでなった人物だが、とにかく吝嗇《りんしょく》である。ある時病気で寝込んでしまったが、加持祈祷《かじきとう》で撒《ま》く米も護摩壇《ごまだん》のための土も惜しがって祈祷させないので、全く治らない。

かくて、臥したまへるほどに、まうぼるもの、日に橘一つ、湯水まうぼらず、「いたづらに多くの橘食ひつ。核《さね》一つに木一樹《ひとき》なり。生ひ出でて多くの実なるべし。今は食はじ」とのたまふ。いささかなるものまうぼらで、日ごろ経ぬ。「ここのにはあらで、橘一つ食はむ」とのたまふ。（『うつほ物語』「藤原の君」）

こうして、寝込んでいる間は食事といったら日に橘一つだけ、湯水も飲まれない。それでも「無駄に沢山の橘を食べてしまった。種一つが木一本分だ。生えて成長すれば沢山の実が成るだろうに。もう食べまい」とおっしゃる。ほんのちょっとも食べないで数日が経ち「この家に成ったのではないもので、橘が一つ食べたい」と大臣は言い出された。

高基は通常の邸の二倍にあたる二町分の敷地に小さな茅葺《かやぶき》の家を建てて住み、蔀《しとみ》のすぐ側まで畑にして作物を耕作させていた。橘も、おそらくは食用に植えていたのだろう。だがそれすら食べるのが惜しいという。この吝嗇ぶりには笑ってしまうが、そもそもこれほどの締まり屋でも、病気となればやはり橘を食べたということだ。

それにしても、橘の種一つが成長して収穫を生むと見込み、食べる量を加減するという方法は、将来へのいわゆる投資である。彼はかつて家が貧弱だと悪口を言われた時、「われかかる住まひすれども、民のために苦しみあらじ。清らする人こそ、朝廷《おほやけ》の御ために妨げをいたし、人のために苦しみをいたせ（私はこんなみすぼらしい家に住んでいるが、民を苦しめてはおらぬ。贅沢をする人こそ、朝廷の政ごとの妨げをなし、民を苦しめておるのだ）」（同前）と反論しており、なかなかもっともな意見の持ち主のようだ。

とはいえ、どうしても橘が食べたいという時に、自分の家に成った実ではなく人の家の物が欲しいとは。あくまでも自分の懐を痛めたくない、狭い料簡だ。病はやがて治ったというのだから、悪運の強い人物だった。

第７章

集う

犬《いぬ》 1

身近な相棒

人類史上、最古の家畜とされる犬。日本では縄文時代の集落遺跡から犬の骨が発見されており、犬が人と共にあった歴史を知ることができる。しかもその中には、手厚く埋葬されたものもあるという。

動物考古学者の佐藤孝雄の調査によれば、埋葬された犬の骨には生前に牙の一部を失ったものがあり、猟犬だったと推測できるという。狩猟が重要な生業《なりわい》であった暮らしの中で、犬はさぞ頼りになる相棒だったに違いない。イノシシなどを追い回して野山を駆け回り、時には牙を折る痛手も負ったのだ。さらに佐藤の調査では、足に骨折痕とその治癒痕のある犬も埋葬されていたというから、この犬は足を負傷して獲物を追えなくなっても、足が治るまで、おそらくその後も飼われていたことになる。怪我をしても見捨てられなかったのはなぜだろう。番犬になったのか、それとも別の仕事があったのか。人と犬の歴史は長い。縄文人たちの集落で、尻尾を振り子供たちと遊ぶ犬の姿が見えるようだ。

平安京の犬たち

犬は、もちろん平安京にも多く生息していた。その実態は、絵巻物など絵画資料からはっきりと見て取ることができる。

例えば、平安末期成立の『年中行事絵巻《ねんじゅうぎょうじえまき》』「闘鶏」（図7－1）で、庶民らの闘鶏を描いた図の隅にいる二匹の犬。右の犬は大切な鶏に襲い掛かっている。また左の犬はおとなしく座っているが、視線は女性の頭上の何かを物欲しげに注視している。きっと食べ物を狙っているのだ。一方の女性も険しい目つきで犬を警戒している様子だ。

もちろん、こうした犬たちの中には飼い犬もいただろう。鎌倉時代の資料だが、『春日《かすが》権現験記絵《ごんげんげんきえ》』には家の縁の下ですやすやと眠る飼い犬らしき犬の姿が記されている（図7－2）。また、鷹とともに貴人にお目通りする猟犬の姿も見える（図7－3）。しかし都市平

図7-1 『年中行事絵巻』「闘鶏」(部分/所蔵:国立国会図書館)

図7-2

『春日権現験記』
(部分/所蔵:国立国会図書館)

図7-3

『春日権現験記』
(部分/所蔵:国立国会図書館)

図7-4　『病草紙』(部分／所蔵：国立国会図書館)

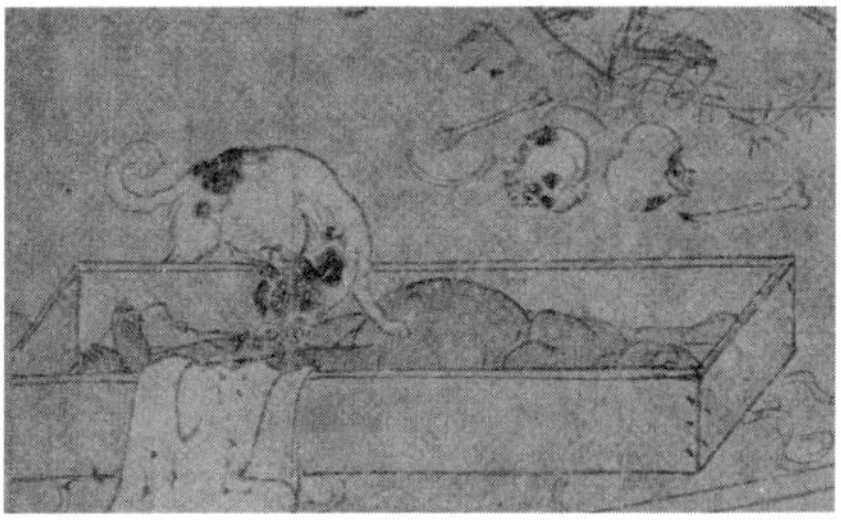

図7-5　『餓鬼草紙』(部分／所蔵：国立国会図書館)

安京をうろついていた犬の多くは、ペットや猟犬としてではなく、別の理由でヒトと共生する犬たちだった。彼らは言わば、都の汚物処理係だったのだ。

『年中行事絵巻』と同じ平安末期に制作された『病草紙《やまいのそうし》』(図7-4)には、病人の汚物に近寄る白犬が描かれている。また、やはり同じ時期の『餓鬼草紙《がきぞうし》』(図7-5)には、墓地で棺桶を暴き遺体をあさる犬の姿がある。人は生きている限り必ず排泄する。中世になって人の糞尿を肥料とするリサイクルシステムが回り出す前には、排泄物《はいせつぶつ》の処理は都市や集落にとって大きな問題だった。それを雑食性によって処分してくれるのが犬だった。遺体も同じである。平安時代には遺体を共同墓地にそのまま、あるいは棺に入れて放置する「遺棄葬」が多く行われたが、それらの亡骸《なきがら》は犬やカラスの格好の食料となり、生態系を循環させたのだった。葬送された遺体だけではない、病気や暴行などで死んだ路上の遺体も、犬は処理した。『小右記』には、路上で盗人に殺害された花山院皇女の遺体が夜間、犬に食われたという悲惨な出来事が記されている（万寿元年十二月八日）。

こうした汚物処理を引き受ける犬は、当然といえば気の毒だが、卑しいものと扱われた。猫が舶来の貴重な動物であり、高貴な邸宅の中で文字通り「猫可愛がり」されたのとは真逆の存在、それが平安京の犬たちだった。

野生の本性

『今昔物語集』の説話には、獰猛《どうもう》な犬の登場するものがある。例えば第二十六巻第二十話。東国に住む女童《めのわらわ》は日頃から隣家の白犬と相性が悪かった。犬は女童の顔を見れば飛び掛かろうとし、女童も叩き返す構えで応戦していた。ある時女童は重病にかかり、奉公先から出されることになった。死の穢れを忌み、家族以外の重病人は家の外で死なせる風習があったためである。出されるのは仕方がないがあの犬に食われたくない。そう女童が怖がるので、犬に気づかれぬように外に出し、遠い場所に彼女を移したが、はたして数日後、犬も姿を消した。

此《これ》ヲ怪《あやし》ビ思テ、此女童出《いだ》シタル所ヲ見セニ、人ヲ遣タリケレバ、人行テ見《みる》ニ、狗《いぬ》女ノ童ノ所ニ行テ、女ノ童ニ咋付《くひつき》ニケリ。然レバ女ノ童、狗ト互ニ歯ヲ咋違《くひたがひて》ナム死テ有ケル。（『今昔物語集』巻第二十六第二十話「東《あづまの》小《こ》女《をむな》与《と》狗《いぬ》咋合《くひあひて》互《たがひに》死《しぬる》語《こと》」）

犬がいなくなったのを怪しんで、童を移した先を確認させに人をやったところ、見れば果たして犬はそこに来ており、女童に咬みついていた。女童もまた、犬と互いに歯と歯を噛み合わせるようにして、ともに死んでいた。

まさに犬猿の仲の、両者相打ちである。この説話は諸国の奇譚を集めた巻に収められており、人々は驚いて「前世からの仇敵」と語り伝えたという。とはいえ、犬の習性にそもそも獰猛な一面があり、子供など弱いものを襲うこともあったのは事実である。貴族の日記には、犬に咬《か》まれた人の損壊遺体が内裏で発見されたという記事が散見される（『御堂関白記』長保元年九月八日など）。死んでから咬まれたのか、それとも咬まれて死んだのか。悲惨な事件だが、貴族たちは被害者には興味がない様子で、ただ死体による内裏の穢れを気にするばかりである。

また同じ『今昔物語集』で慶滋保胤《よししげのやすたね》（?〜一〇〇二）にまつわる説話にも、手に負えない犬たちが登場する。保胤は文人として漢文「池亭記《ちていき》」を作り、信仰心厚く『日本往生極楽記《にほんおうじょうごくらくき》』を著し、僧となっては藤原道長の受戒《じゅかい》の師を務めたことでも知られるが、この説話は滑稽譚《こっけいたん》で、信仰が過ぎて現実離れした彼を笑っている。

出家して「内記聖人《ないきしょうにん》」と呼ばれ平安京北方の石蔵《いわくら》に住んでいた時、下痢《げり》をした彼は厠《かわや》にこもった。すると老犬がやってきて、向かい合って座った。聖人が立つのを待っている顔だ。聖人は誠意をこめて犬に話した。「あなたは前世に、人に邪心を抱き、汚い物を食わせ、自分は物を貪り、偉ぶり、人を見下し、親不孝をするなど、悪心を抱き善心を起こさなかった。だからこうして獣の身となり、不浄の物を食おうと機会を窺《うかが》っておられるのですな」。

ここにもやはり、排泄物をあさる犬がいた。やはり犬は汚物処理係だったのだ。そしてそのことを、前世の悪行《あくぎょう》の因縁だと、やはり卑しまれている。だが聖人は、涙を流しながらこう続けた。「長い輪廻《りんね》の間には、私の父か母となったこともきっとおありでしょうに。そんなあなた様に、こんな不浄の物を食べさせることはできません。加えて風邪で腹を下した水様便《すいようべん》ですから、食べようがないでしょう」。聖人はその犬のために特別においしいものをこしらえると約束して厠を出たのである。

さて、翌日。聖人は「客人に御馳走をする」といって、筵《むしろ》の上に飯と数品《すうしな》の副菜をそろえ、昨日の老犬を呼んだ。老犬が来て食うと、聖人は泣いて手をすり合わせ喜んだ。ところが、匂いに吸い寄せられて若く大きな犬が入り込み、老犬を突き飛ばしてくんずほぐれつの大喧嘩となった。

其時ニ、聖人手迷《てまどひ》シテ立テ、「此ク濫《みだり》ガハシクテ不御《おは》シソ。其ノ御料《ごれう》モ儲ケ侍ラム。先ヅ只中吉《なかよ》クテ食《じき》シ給へ。此ク非道ノ御心ノ有レバ、弊《つたな》キ獣《けだもの》ノ身ヲ受テ在《ましま》スゾカシ」ト云テ障《さ》フルニ、敢《あへ》テ聞カムヤハ。飯《いひ》ヲモ皆泥形《ひぢかた》ニ踏ミ成シテ噉《くひ》シラガフ音ヲ聞《きき》テ、他ノ犬共《いぬども》集リ来《きたり》テ噉《くら》ヒ合ヒ喤《ののしり》ケレバ、聖人「此レ御心共ヲバ不見ヌハ吉事《よきこと》」ト云テ、

逃テ板敷《いたじき》ニ上《のぼり》ニケリ。(『今昔物語集』巻第十九第三話「内記慶滋ノ保胤出家話」)

その時、聖人はうろたえて手を振り立ち上がり、「乱暴をなさいますな。そちらの方の分もご用意しましょう。ともかく仲良くお召し上がり下さい。こんな極悪の御心だから、卑しい獣の身に転生なさるのですぞ」と言って止めにかかったが、どこの犬が耳を貸そうか。飯も皆泥だらけに踏みにじり、むさぼる物音を聞きつけて他の犬まで集まって来て、食うやら吠えるやら。聖人は「こんな御心は見ぬほうがよいこと」と言って、逃げて縁側に上ってしまった。

「犬の習性を知らず、ただ前世の父母だなどと敬っても、犬がそんなこと知るものか」とは、『今昔物語集』のコメントである。吠える、集まる、食い散らす。犬は人里にあっても、本来の野生を失ってはいない。犬とは、平安びとにとって最も身近な野生だったのだ。

犬の法事

犬は身近な野生と言ったが、もちろん人に飼われていた犬もたくさんいた。『大鏡』には、愛犬のために法事を執り行った飼い主のことが記されている。飼い主の名は不明だが、説経の講師を頼まれたのは当時高名だった僧、清範《せいはん》（九六二〜九九九）である。

ここで清範についてふれておこう。清範は博学で文殊菩薩《もんじゅぼさつ》の化身《けしん》とまで言われ、若くして清水寺の別当《べっとう》（長官）を務めた僧である。長徳四（九九八）年には朝廷から権律師《ごんのりっし》の地位を授けられ、清水の律師《りっし》と呼ばれた。何よりも説法がうまく、人気講師として『枕草子』にも登場している。

朝座《あさざ》の講師《かうじ》清範、高座《かうざ》の上も光り満ちたる心地して、いみじうぞあるや。（『枕草子』「小白川といふ所は」）

朝の説経の講師は清範で、高座の上も光のようなオーラに満ちた感じで大変なものだった。

清少納言がまだ定子に出仕する前、寛和二（九八六）年六月のことである。ある公卿が小《こ》白川殿《しらかわどの》と呼ばれる邸宅で法華八講《ほっけはっこう》を催し、都人《みやこびと》が詰めかけた。法華八講とは法華経の内容を説く会で、当時人気があった。清少納言は「露とともに起きて」早朝から会場に向かったが、着いた時には既に牛車で満杯の状態だったという。その人気講師が清範だった。清少納言は「**説経《せきやう》の講師は、顔よき。講師の顔をつとまもらへたるこそ、その説くことの尊さもおぼゆれ**（説経の講師は美男でなくては。講師の顔から目が離せないでいてこそ、その説法の内容も頭に入るというものだし）」と言ってもいる（『枕草子』「説経の講師は」）。高座に光が満ちていると見えた清範もきっと美男だったのだろう。また、中宮定子の父で関白だった道隆の月命日で講師を務めたのも清範で、説経が心に迫り、若い女房たちも涙を絞ったという（『枕草子』「故殿の御ために」）。つまり清範は、若く、見た目も美しく、説教も殊の外上手な名僧であったのだ。

さて、『大鏡』に戻ろう。犬の法事を営んだという飼い主は、そんな清範に講師を頼んだのだから、高貴な人物だったに違いない。犬は庶民の巷《ちまた》をうろつくばかりではなかった。尊貴の人に飼われ、死ねば法事を営まれるほど愛されることもあったのだ。『大鏡』は、清範が高座でこう言ったという。

＝ **「ただ今や、過去聖霊《くわこしやうりやう》は蓮台《れんだい》の上にて『ひよ』と吠《ほ》えたまふらむ」**（『大鏡』「雑雑物語」）

「まさに今、亡き聖霊は極楽の蓮の花の台《うてな》の上で『ワン』と吠えていらっしゃるでしょう」

本文の「ひよ」は「びよ」と濁って読む。狂言で犬の鳴き声を「びょうびょう」と擬音化することをご存知の方もいるだろう。あるいは、英語で犬の鳴き声をいう「バウワウ(bow-wow)」を思いつく方もいるだろう。言語の地域はかけ離れていても、音声への感受性は深層でつながっているのだろうか。平安時代の犬の鳴き声が記される稀有な例である。

しかし確かに、犬の鳴き声を用いた清範の説法は上手だと思う。人間の法事でも、故人の生前の口真似でもされたら、途端に涙ぐんでしまう。僧が「ワン」と言えば、それだけで生前の愛犬の姿が浮かぶではないか。ただ、この法事の時には、聴聞客は笑ったという。皆の脳裏には、極楽の蓮台で吠えながら尻尾を振る犬の姿が浮かんだのではなかったか。

神通力の犬

こうして尊貴の人が犬を飼っていたとなれば、有名人と飼い犬にまつわる説話が生まれても不思議はない。カリスマ陰陽師安倍晴明《あべのせいめい》が、悪役陰陽師道摩《どうま》（芦屋道満《あしやどうまん》）の呪詛《じゅそ》から藤原道長を守った、きっかけは道長が飼っていた一匹の犬だった――十三世紀初頭から中葉に成立した説話集『古事談《こじだん》』『宇治拾遺物語』『十訓抄《じっきんしょう》』がそろって記しとめている説話である。ここでは文章のわかりやすい『宇治拾遺物語』に従って読んでいこう。

今は昔、法成寺《ほうじょうじ》を建立《こんりゅう》した道長は日々御堂《みどう》に参ったが、それにはいつも愛犬の白犬がお供していた。ところがある日、その犬が異常な行動を示す。

ある日例のごとく御供しけるが、門を入らんとし給へば、この犬御さきに塞《ふた》がるやうにまはりて、内へ入れ奉らじとしければ、「何条《なでふ》」とて、車より降りて入らんとし給へば、御衣《おんぞ》の裾《すそ》をくひて、引きとどめ申さんとしければ、「いかさま様《やう》ある事ならん」とて、榻《しじ》を召し寄せて御尻を掛けて、晴明に、「きと参れ」と召しに遣はしたりければ、晴明則《すなは》ち参りたり。（『宇治拾遺物語』巻第十四の十「御堂関白の御犬、晴明等、奇特の事」）

ある日、犬は例によって御堂関白殿の御供をしていたが、殿が門から入ろうとすると、とおせんぼうをするように前に回って、殿を入れまいとする。殿が「どうした?」と言って牛車から降りて入ろうとなさると、御着物の裾をくわえて引きとどめようとする。「何ぞ理由のある事だろう」。と、殿は台を持たせて腰を掛け、晴明に「すぐ参れ」と使いをやると、晴明は即座に参上した。

谷口研語『犬の日本史』によると、『日本書紀』など古代の文献にはしばしば白い犬が登場するという。白は聖なる色であり、清浄を意味する。その犬が、法成寺の門をくぐろうとする道長の牛車の前に立ちはだかり、車を通らせなかった。道長が牛車を降りると、今度は装束の裾をくわえて止めた。通常なら怒って犬を引き離し、門をくぐる事だろう。だが説話の道長はさすがに鷹揚で、かつ勘が鋭い。腰を下ろして名陰陽師・晴明を呼ぶと、晴明は即座にやって来た。ちなみに、晴明が道長に呼び出されて働いたことは、史実として何度もあり、道長自身の日記『御堂関白記』にも記されている。ただ、この説話の舞台は法成寺であり、道長が法成寺を建立したのは治安二(一〇二二)年のことで、晴明は既に寛弘二（一〇〇五）年に死亡しているので、内容は事実ではあり得ない。

晴明はしばし占って、「殿を呪詛する道具が埋められている」と言う。上を歩くと呪いが及ぶ仕組みだ。「犬は神通力を持つ生き物ですので、殿にお告げ申したのです」とも言う。果たして土を掘り返してみると、五尺（一五〇センチ）ほど掘ったところで呪具《まじもの》が見つかった。道長は白犬の働きで難を逃れたのだ。

ところで、説話はこの道具の形状を詳しく記している。それによれば、素焼きの土器を二つ合わせて黄色い紙縒《こよ》りで十文字にからげてあり、開くと中には何もなかった。ただ土器の底に、朱砂という顔料で「一」という文字が書いてあるばかりだった。高度な呪法から、使い手が道摩であることは明瞭だった。晴明が紙を鳥の形に折って飛ばすと、紙はたちまち白鷺となって道摩の居所へと飛んで行く。晴明説話おなじみの「式神《しきがみ》」である。

道摩は逮捕され、彼の供述から、呪いの依頼主は堀河左大臣顕光《あきみつ》（九四四～一〇二一）とわかった。顕光は道長の年長のいとこだが、無能なことでよく知られ、『御堂関白記』でも「もとより白物《しれもの》（たわけ者）なり（長和五年正月三十日）」と道長に罵倒されている人物である。だがそれとは別に、顕光は事実として道長に恨みを抱いていた可能性が高い。顕光は東宮だった敦明《あつあきら》親王（小一条院）を娘婿として、次代の権力掌握をもくろんでいた。しかし寛仁元

（一〇一七）年、敦明親王は唐突に東宮を辞し、代わりにその地位に就いたのは道長の孫（敦《あつ》良《なが》親王、のちの後朱雀天皇）であった。さらに敦明親王は道長の娘（寛子）と結婚、顕光の娘を顧みなくなったという（『栄花物語』巻十三）。

ただし、顕光も道長が法成寺を建立する前年に死んでいるので、彼が道摩に呪詛を依頼したということの説話はやはり事実ではない。要するに、藤原道長、彼を憎む顕光、道長を守る晴明、晴明と張り合う道摩というビッグネームを集合させてこしらえた、いかにもありそうな呪詛話というわけだ。

それにしても光っているのが犬の存在である。犬は忠義なもの。健気《けなげ》に主人を守り抜く殊勝な性質を、平安びともよく知っていたのだ。説話は、道長が以後ますますその犬をかわいがったという微笑ましい結末で閉じられている。

第8章

呼ぶ

犬《いぬ》

2

犬君という童女

『源氏物語』「若紫」の巻の、光源氏と若紫の出会いの場面。高校の教科書にしばしば採用されているので、記憶のある方も多いだろう。北山へ病気治療の加持《かじ》に行った光源氏は、早々に治療が終わって辺りをぶらつくうち、小柴垣《こしばがき》に囲まれた家に目を吸い寄せられる。その彼の視界の中に、一人の美しい少女が走り込んでくる。若紫、この時十歳。短い髪を、扇を広げたようになびかせ、なぜだろう泣いた涙をごしごしと拭いて、顔を真っ赤にしている。

「雀《すずめ》の子を犬君《いぬき》が逃がしつる、伏籠《ふせご》の中《うち》に籠《こ》めたりつるものを」とて、いと口惜しと思へり。この居たる大人、「例の、心なしのかかるわざをしてさいなまるるこそ、いと心づきなけれ。いづ方へかまかりぬる、いとをかしうやうやうなりつるものを。烏《からす》などもこそ見つくれ」とて立ちて行く。（『源氏物語』「若紫」）

「雀の子を犬君が逃がしちゃったの。伏籠の中に入れておいたのに」女の子はそう言って、ひどく残念がっている。座っていた女房が、「例によって、考え無しがこんな失敗をしでかして叱られるとは、本当に困ったこと。雀はどこに行ってしまったのかしら。やっとだんだん可愛くなってきていたのに。烏か何かが見つけたら心配だわ」と言って立って行く。

雀の子を逃がし、若紫を泣かせてしまった、粗忽者《そこつもの》の「犬君」。初見《しょけん》の時これを動物の犬と思った読者は、少なくはあるまい。だが、そうではない。犬君は人間で、若紫の遊び相手の女童《めのわらわ》である。なぜそれがわかるのか？一つには、「君」という語は尊称であり、この時代犬に付けることはまずなかったからだ。だが現代では犬を「ワンちゃん」などと呼ぶことは一般的だし、江戸時代の「お犬様」を想起する読者もいるかもしれない。

しかしもう一つ、決定的なことに、犬君は後に再び『源氏物語』に登場する。若紫が光源氏に引き取られた後の元旦。光源氏が朝廷の朝拝《ちょうはい》（年賀挨拶）への出勤がてら若紫の部屋を覗くと、若紫は人形のための家を部屋いっぱいに広げてお雛様《ひなさま》ごっこにいそしんでいた。

「儺遣《なや》らふとて、犬君がこれを毀《こぼ》ちはべりにければ、繕《つくろ》ひはべるぞ」とて、いと大事と思《おぼ》いたり。「げに、いと心なき人のしわざにもはべるなるかな。今繕はせはべらむ。今日は言《こと》忌みして、な泣いたまひそ」とて出でたまふ気色所狭《ところせ》きを、人々端に出でて見たてまつれば、姫君も立ち出でて見たてまつりたまひて、雛《ひひな》の中の源氏の君繕ひたてて、内裏に参らせなどしたまふ。（『源氏物語』「紅葉賀」）

「大晦日の『儺遣らい』の行事をすると言って、犬君がこれを壊しちゃったから、修繕してるんですよ！」と訴えて、大層なおおごとだと思っている。「全く、本当に考え無しの人のいたずらですね。すぐに直させましょう。でも今日は泣いてはいけませんよ、元旦から縁起が悪いからね」光る君はそう言って出ていかれた。彼の輝くばかりの圧倒的なオーラを、女房たちは端に出て見送る。姫君もまた立ち上がって見送る

――と、さっそく雛の中の源氏の君をおめかしさせて、内裏に出勤させたりする。

またしても粗忽な犬君。今度は若紫の大切なドールハウスを壊してしまった。「儺遣らい」は正式には「追儺《ついな》」、別に「鬼やらい」とも言って、邪気払いの儀式である。大晦日の夜、邪を見立てた鬼に扮した者たちを、大きな音をたてて追い払う。現在の節分行事「鬼は外」の淵源《えんげん》である。物語では、昨日の大晦日、若紫と犬君は人形ごっこで追儺をやってて、犬君が少々張り切りすぎたらしい。ドールハウス損壊は、子供にとっては大事件。若紫は真剣に光源氏に訴え、涙さえ浮かべているようだ。光源氏のもとで養われるようになり、彼が若紫にとって心から頼れる存在になったことを実感させる重要な場面である。しかし犬君に焦点を当てれば、若紫の引き取りに伴って彼女も光源氏のもとに雇われ、遊び相手の仕事を続けているということだ。

それにしても元気が過ぎる犬君、この後は物語に名前が出てこないが、どうなったのか。「犬君」は童名なので、成人とともに別の名に変わり、女房に転じたのだろう。また失敗などしたのではあるまいか。犬君の行方が気になるばかりだ。

「犬」のつく人名

坂本信道の「古代童名一覧稿」と「犬公の名前――物語の童名――」は、平安時代の史料と文学作品に見える童名を調査するとともに、名づけの理由、特に「犬」という動物名のつけられた理由を考察している。それによると、幼少の時に「犬」の名で呼ばれた人は決して少なくなかった。またその身分も、決して『源氏物語』の犬君のような下仕《しもづか》え階級ばかりではなかった。

例えば実在の人物では、後朱雀《ごすざく》天皇（一〇〇九～一〇四五）の幼名が「犬宮」である。寛弘六(一〇〇九)年十一月二十五日に天皇が誕生すると、十二月七日には外祖父の藤原道長が「犬宮御五十日の事（『御堂関白記』同日）」と日記に記している。生誕五十日祝賀行事の計画にとりかかったのだ。

また同じ「犬宮」の名が、文学作品の『うつほ物語』にも見える。こちらは姫君で、主人公・藤原仲忠《なかただ》と内親王・女一の宮との間の子である彼女は、言うまでもなく高貴な人物である。彼女が生まれてすぐ、父の仲忠は、彼女に家伝である琴の秘曲を継がせたいと思った。そこで、今は彼の母が持っている家宝の楽器を譲り受け、この子に与えたいと請う。

「かの『りうかく』は、賜はりて、いぬの守りにしはべらむ（あの秘琴『りうかく』は、いただいてこの「犬」のお守りにしたいと存じます）」（『うつほ物語』「蔵開 上」）。この後、姫は物語で「いぬ宮」と呼ばれ、美しく成長して琴を習得する。彼女が弾く琴の音が人々を感動させ、彼女がやがて東宮と結婚することが匂わされて物語は終わる。このようにやんごとなく、ストーリー展開上も重要な人物に「犬」の名が冠されているのである。

つまり、「犬」という名は身分の卑賤を示すものでは全くない。坂本信道の考察によれば、この名にはむしろ、親の祈りが込められているという。童名には、例えば小さな砂粒がさざれ石になることを祈った「真砂君《まさごぎみ》」、千年の長寿を祈った「田鶴君《たづぎみ》」などがある。犬は、仔犬時代は小さくかわいいが、成長すれば俊敏になり人の役に立つ。また鎌倉末期には、幼児のお守りとして額に「犬」の字を書く風習が生まれていた（『塵袋』人倫）。こうしたことから坂本は、「犬」のつく幼名は「長い歳月を重ねての成長を予祝する意味が籠められた童名、犬は子の護りという考えに由来する童名」と言えるとする。なるほどそうだろう。子の名前に託する親の祈りは、今も昔も変わらないということか。

「犬男丸」冤罪事件

藤原実資《さねすけ》の『小右記《しょうゆうき》』には、「牛飼い童には『犬男丸《いぬおまる》』という名の者が多い」という言葉が記されている。ある事件で、犯人と同じ名ゆえに嫌疑をかけられた牛飼い童が、そう証言しているのである。牛飼い童とは、牛車《ぎっしゃ》の牛を扱う仕事に従事する人をいう。牛は暴れやすく、意のままに動かすには相当の技術を要した。そのため彼らは一種の特殊技能者とされ、身分の低さにもかかわらず雇い主の貴族たちからは重用された。一方で彼らは、年齢的・身体的に大人になっても元服せず、子供時代から髪型、服装、そして名前も変えることがないという特殊集団でもあった。

万寿四（一〇二七）年二月、藤原実資の下仕えの一人が帰宅途中の道で殺害されるという事件が起きた。京中警察の検非違使《けびいし》が捜査を始め、五月、ようやくある牛飼い童が犯人と判明した。逮捕に時間がかかったのは、雇い主が彼をかくまっていて捜査が進まなかったためだ。何とか捕らえて尋問したところ、共犯者がいるという。その名が「犬男丸」。やはり牛飼い童だという。検非違使は早速召し捕らえ、訊問した。ところが犬男丸は言った。**「犬男丸の名、牛童《うしわらは》多くこの名有り**（「犬男丸」という名は、牛飼い童の多くがこの名です）」。彼は事件については一切知らない、第一犯人の顔も知らないと言い張った。

真相が明らかになったのは数日後だった。捜査関係者が実資に述べたことによれば、事件当日は牛飼い童同士の飲み会があり、下手人は泥酔した。それで飲み会の頭だった男が、別の牛飼い童を付き添いに付けて帰らせたという。おそらくはその帰途、彼らは事件を起こしたのだ。下手人を送って帰った男の名はまさに「犬男丸」、だが先に逮捕された者とは別の人物だった。

冤罪と判明した先の犬男丸は、下手人の顔も知らないと主張していたから、もとよりこの会にも参加していなかったと思しい。実資は「無実の犬男丸を逮捕し数日間拘禁していたことは重大な過失だ」と言っている。平安時代の警察でも誤認逮捕は失策で、捜査には正確性が求められたのだった。無実の犬男丸は無罪放免の見通しとなった。周囲は皆、さぞ安堵したことだろう（『小右記』万寿四年二月十一日・五月二十一日・二十二日・二十七日・二十八日・二十九日）。

この事件からは、検非違使の捜査の実態に加え、牛飼い童たちが同業者同士のネットワークを持っていたこと、牛飼い童や車副《くるまぞい》のような下仕えと雇い主の関係など、興味深い話題がいくつも浮かび上がってくる。そして「犬男丸」の名。牛飼い童に「犬」の名が多いのは事実のようだが、さてなぜなのか。先の「犬君」や「犬宮」と同じ理由によるのか。それとも、特殊技能者としての牛飼い童だけに関わる別の理由があるのだろうか。この謎は、意外に深く大きいのかもしれない。

名を呼ばれて泣いた犬

人に「犬」という名がつけられることもあったが、犬に人めいた名がつけられることもあった。『枕草子』の記すその犬の名は「翁丸《おきなまろ》」。強いて現代語に訳すれば「ご老体ちゃん」だ。その彼がしでかした失敗を清少納言は記す。そしてその中で翁丸は、自分の名前を呼ばれて体を震わせ、さめざめと泣くのである。

事件が起きたのは、長保二（一〇〇〇）年の春だった。昨年の十一月に一条天皇と定子の間に待望の男子が生まれて三か月、天皇は定子と長男、また五歳になる長女を内裏に呼び寄せ、一家団欒《だんらん》の日々を過ごした。その時、内裏に飼われていた犬が翁丸である。だが内裏には、彼よりもっと可愛がられている動物がいた。猫の「命婦のおとど」である。

上に候《さぶら》ふ御猫《おんねこ》は、かうぶりにて、命婦のおとどとて、いみじうをかしければ、かしづかせ給ふが、端に出でて臥したるに、乳母《めのと》の馬の命婦、「あな正無《まさな》や。入り給へ」と呼ぶに、日のさし入りたるに、ねぶりてゐたるを、おどすとて、「翁まろ、いづら。命婦のおとど食へ」と言ふに、まことかとて、痴れ者は走りかかりたれば、おびえまどひて、御簾のうちに入りぬ。（『枕草子』「上に候ふ御猫は」）

内裏にいる御猫様は、朝廷から五位の位を受けて「命婦さん」と名づけられ、とてもかわいいので帝が大切になさっている。その猫が縁側に出て寝そべっていたところ、乳母役の女房である馬の命婦が、「あらお行儀の悪い。お部屋にお入りなさい」と呼んだが、猫は陽光がさす中でぐっすり眠っていた。おどかして起こそうと思った女房は言った。「翁丸、さあ、命婦のおとどに咬み付きなさい」。馬鹿な翁丸が本気にして飛び掛かったので、猫は怯え、パニックを起こして御簾の内に入った。

猫は室内で飼われた。だが天皇の御殿である清涼殿《せいりょうでん》に上がるには、人間でも朝廷から五位の位階を受けないといけない。それで一条天皇は、わざわざこの猫に位を与えたのである。ちょうど前年秋の『小右記』に「**日者《にっしゃ》、内裏の御猫、子を産む。**（先ごろ、内裏で天皇が飼われている猫が子猫を産んだ）」とあり、「**猫の乳母、馬の命婦**」と女房が乳母役に充てられたことも記されている（長保元年九月十九日）から、まだ生後半年に満たない子猫だったのだ。ちなみに「馬の命婦」はれっきとした人間で、身内が馬寮に勤めていたことによる女房名である。

猫が縁側で眠る姿は現代の私たちには当たり前だが、猫が貴重だった平安時代、殊に宮中の猫であれば、寝姿をあらわにするのははしたないとされたのだろう。乳母は「命婦のおとど」を起こすため、犬の翁丸に声をかけた。「咬み付きなさい」。もちろん冗談だったのだが、飼い主に忠実なのが犬の習性、庭にいた翁丸は言われるままに飛び掛かり、子猫をパニックに陥れてしまった。

一部始終を見ていた一条天皇は、子猫を懐に入れて慰め、蔵人《くろうど》（秘書官）たちを呼んだ。「この翁丸を叩いて懲らしめよ。そして犬島に送れ。即刻だ」。実は当時、大内裏に出入りする犬が増え、度々政務を滞らせるので、朝廷は「犬狩」と称して駆除し遠くに収容していた。その担当は蔵人で、官人に指示して縁の下の犬まで追い出させていたという（『禁秘抄』）。一条天皇に呼ばれた蔵人たちは慣れた様子で翁丸を捕らえ、滝口の武士などに命じて内裏から追い払った。女房の馬の命婦も、天皇にしぼられた。

悪気はなかったのに不運な目にあった翁丸、不憫なこと。清少納言がそう思っていると、数日後、頻《しき》りに犬の鳴く声がする。翁丸がひょっこり戻ってきたのだ。だが蔵人たちに姿を見つけられ、さんざんに打ちのめされている様子だ。清少納言が止めようとする間に鳴き声はやみ、「死んだ、遺体は捨てた」という。そうか、死んだのか、哀れなこと。そう思っていると、夕方、腫れあがった体で震えながらよろよろ歩いてくる犬がいる。「翁丸か？」清少納言は呼んだ。が、何も答えない。前々から翁丸を見知っている内裏女房に聞いたが「翁丸なら呼んだら喜んで近寄ってくるはず。きっと違う犬です」という。餌を与えても食べようともしない。やはり別の犬だ、翁丸は死んだのだ。中宮定子も心を痛めた。

翌朝も、見ればその犬は庭にうずくまっていた。清少納言はつぶやきを抑えられなかった。

「あはれ、昨日翁まろをいみじうも打ちしかな。死にけむこそあはれなれ。何の身に、このたびはなりぬらむ。いかにわびしき心地しけむ」とうち言ふに、この居たる犬のふるひわななきて、涙をただ落としに落とすに、いとあさましきは、翁まろにこそは

＝ありけれ。（同前）

「ああ、昨日翁丸をひどく打擲《ちょうちゃく》したこと。死んだのでしょうね、可哀そうに。今度は何の身に生まれ変わったのかしら。どんなにつらかったかしら」私がそうつぶやくと、このうずくまっていた犬が体をぶるぶる震わせて、さめざめと涙を流すではないか。本当に驚いたことに、これはやはり翁丸だったのだ。

「さては、お前、翁丸なの？」聞くと、犬はひれ伏してわんわん鳴いた。翁丸だったのだ。昨日は、また打たれるかと怖くて、呼ばれても我慢していたのだ。だが、清少納言の心が翁丸に伝わった。この人は味方だ。そう思うと今朝は抑えられなかった。涙を流して正体を現し、名前を呼ばれれば嬉しくて、大声で鳴いたのだ。中宮定子は笑い、天皇も「犬にもこんな気持ちがあるのだね」と笑って、翁丸への咎めを解いた。かくして一件落着、翁丸はもとどおり内裏の飼い犬に戻ったのだった。

長徳の政変と翁丸事件

この章段は、実際に犬を飼ったことのある人ならば、涙なしには読めないものだろう。犬の正直に命令を聞く愚直さ。理不尽にも叩かれた時の悲しげな声、おびえて体を小刻みに震わせる様子。そして心を許せる相手を見つけ、嬉し気に鳴く声。これは心温まる犬と人との物語である。

だが、それだけではない、かもしれない。この章段の背後には、定子の兄弟が勅勘《ちょっかん》を受けて都から追放された「長徳の政変」がほのめかされている可能性がある。猫事件は示したように長保二（一〇〇〇）年のこと、長徳の政変はその四年前の長徳二（九九六）年のこと。定子の一家を没落させた大事件の子細を『枕草子』はほとんど記さず、ただ「**世の中に事出《い》で来《き》、さわがしうなりて**（世の中に事件が起こり、ごたごたして）」（『枕草子』「殿などのおはしまさで後」）とおぼめかすのみである。だが、この章段の翁丸は、特に定子の兄の藤原伊周《これちか》と重なる部分がある。

まずは、愚かさから高貴な相手を襲撃し、天皇の逆鱗《げきりん》を買ったこと。伊周は自分の愛人が花山《かざん》法皇に奪われかけていると勘違いし、法皇を襲った。実際には花山法皇の目当ては彼女の姉妹であったのに（『栄花物語』巻四）。藤原氏という一般人が前天皇を襲ったことは天皇家の権威を侵犯することと見なされ、一条天皇は厳罰をもって処分した。次に、捕縛されて遠い地に追放されたこと。伊周は大宰権帥《だざいのごんのそち》に降格され、家宅捜索の末に逮捕されて都から追放された（『小右記』長徳二年四月二十四日・五月四日）。次に、こっそり帰って来たこと。伊周は当初播磨国に留め置かれたが、そこから密かに帰京して、定子の御所に隠れていた。おそらくは病気の母が心配だったのだろうが、事が天皇に知られ、今度こそ大宰府送りとなった（『小右記』長徳二年五月十五日・十月八日）。ぶざまで哀しい翁丸は、まるで伊周を写したようではないか。

だが、翁丸が涙を流したこと。これは伊周の史実には見当たらない。ただ、清少納言は章段の末尾に記している。

═ **人など人に言はれて、泣きなどはすれ。**（『枕草子』「上に候ふ御猫は」）

─ 人間などは人に言葉を掛けられて、泣いたりするものだけれど。

ここまで翁丸が伊周に重なると、あるいはこれが伊周の姿だったのではないかと思えてくる。史実として伊周が恩赦により都に呼び戻されるのは、追放から十か月後の長徳三（九九七）年である（『小右記』同年四月五日）。彼は定子たち身内のもとにまさに尻尾を巻いて帰り、優しい言葉を掛けられて、さめざめと泣いたのかもしれない。

彼が泣こうが泣くまいが、それは歴史の大きな物語には関わらない。だが時に文学作品は、事実の奥に押し込まれた個々の人間の心の物語を記しとめようとする。事実は一つだが、真実は人にも時にも場合にもよって無限にある。『枕草子』は翁丸に託して、伊周の真実を世に示しているのかもしれない。

第9章 整える

泔

ゆする

1

漢字が不可解？

文字に書きてあるやうあらめど、心得ぬもの。…ゆする。（『枕草子』一本の四）

文字にそう書く理由はあるのだろうけれど、なんだか納得できないもの。…ゆする。

『枕草子』に清少納言がこう記している「ゆする」とは、現代でも私たちの食生活に身近な「米のとぎ汁」のことである。「漢字が納得できない」と彼女は言うが、どんな字を指してそう言っているのかは、実は謎である。清少納言が書いた『枕草子』の原本が伝わらないうえ、『枕草子』の古写本にも仮名で「ゆする」とあるからだ。そこでとりあえず現代の漢和辞典を調べると、「泔」とある。米のとぎ汁は甘そうだし、何となくわかる感じがするではないか。どこが不可解なのか。

説明しよう。中国では、米のとぎ汁は食材を浸すなど料理に使う物だった。だが日本ではそれを洗髪や整髪のために、シャンプーや整髪料として使ったのである。つまり清少納言にとって、「ゆする」とは味わうものではなかった。だから液体を表す「さんずい偏」はともかく、旁《つくり》の「甘」は変だ。そう首をかしげて無理はなかったのだ。なお、「ゆする」には他に「潘」の字もある。こちらとすれば「泔」以上に、なるほど意味がわからない。

三日に一度

「泔」は「坏《つき》」と呼ぶ椀型《わんがた》の器に入れて使った。これに髪を浸し、櫛ですくのである。洗髪用の坏は「ゆすり坏《つき》」や「ゆする坏」と呼ばれ、土器や陶器でも作られたが、平安時代には銀などの金属や漆器の物が好まれた。専用の五脚の飾り台もあって、台の上には錦の織物を敷き、周囲に組み紐を垂らす。洗髪が終わると坏に蓋をして台の錦の上に片付け、室内の棚などの上に置けば美しい室内装飾となる。泔坏は平安貴族たちにとって、日常生

活を彩る品だったのである。（図9－1）

藤原道長の祖父にあたる師輔《もろすけ》が遺した「九条殿《くじょうどの》遺誡《ゆいかい》」は、子孫への教えとして、起床後に行うべきことを順に書き記している。それによると、整髪は朝食後に行うものだったらしい。「**三箇日に一度梳《くしけづ》るべきなり。日々には梳らず**」とあるので、男性が泔坏《ゆするつき》を使うのは三日に一度、朝だったことになる。

ただこれは通常の場合で、実際には諸々の事情に拠った。道長の日記『御堂関白記』は、上皇（三条）が「**東宮去る正月より未だ頭を梳らず**（皇太子は正月からずっと髪をすいていない）」（長和五年三月二日）と道長に語ったと記す。「理髪の係の者がいないからだ」というが、ならば一か月以上髪をとかさなかったことになる。本当だろうか。道長も首をかしげ、理髪要員という名目でお気に入りを昇殿させたいための嘘ではないかと勘繰っている。ともあれここからは、整髪はかなり親密で気を許せる者があたる業務だったことが推測できる。相手の身近に寄り、頭や髪にじかに触れないと整髪はできないからである。

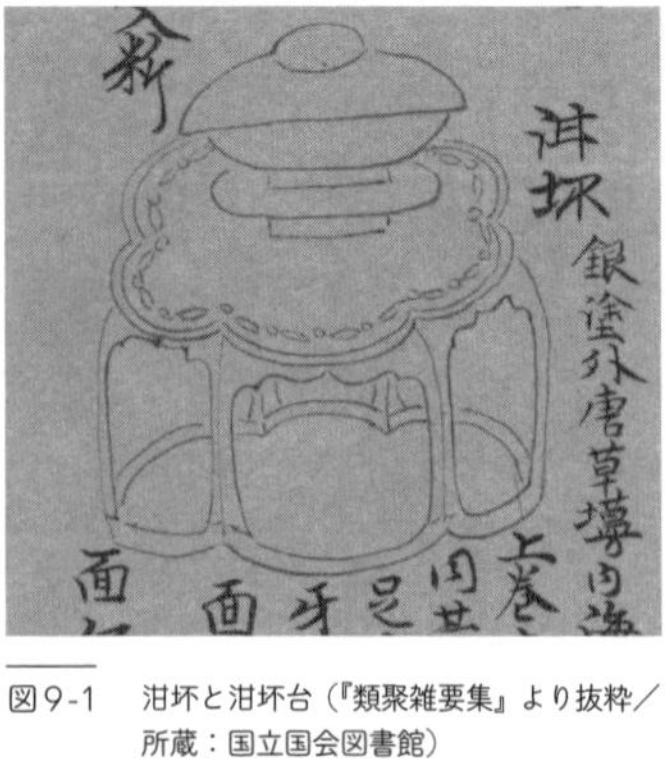

図9-1　泔坏と泔坏台（『類聚雑要集』より抜粋／所蔵：国立国会図書館）

供人の仕事

三条天皇の例にもあったように、貴顕《きけん》の男性の髪を整えるのは男性の供人の仕事であったらしい。『落窪物語《おちくぼ》』にその場面がある。

物語の主人公である落窪姫は母が亡くなり父中納言のもとに引き取られたが、父の正妻やその娘たちにこき使われ、不遇の日々を過ごしていた。だが親の代からの召使である「あこぎ」の尽力により貴公子・道頼《みちより》と恋仲になり、結婚する。つまりこの物語は、平安のシンデレラ物語なのである。しかし物語は単純ではなく、道頼と結ばれた後も、姫は何度もピンチに襲われ、その度に読者をはらはらさせる。その一つに、泔《ゆする》が上手に使われているのだ。

あこぎには東宮警備官・帯刀《たてわき》の惟成《これなり》という恋人がいた。『源氏物語』に登場する「惟光《これみつ》」に名前も似ているが、惟光が光源氏の乳母子《めのとご》であるのと同様に、惟成は道頼の乳母子である。『落窪物語』は『源氏物語』よりも前に成立していたので、惟光は惟成を参考にした、というよりもはっきりリスペクトして生みだされたに違いない。それはともあれ、惟成があこぎから姫の境遇を聞き同情して道頼を紹介したところから、姫の運が開け始める。あこぎと惟成は姫にとって恋のキューピッドだった。

ところがここで、惟成は大失敗をしでかしてしまう。彼は蔵人《くろうど》の少将なる人物に仕えており、その泔の世話をしていた折に、懐《ふところ》に入れていた姫の文を落としてしまうのである。

持ちて出づるほどに、「蔵人の少将まづ召す」と言ふめれば、え置きあへで、懐にさし入れて参りたり。〈御鬢《おんびん》まゐらせたまはむ〉となりけり。御うしろをまゐるとて、君もうつぶし、我もうつぶしたるほどに、懐なる文《ふみ》の落ちぬるもえ知らず、少将、見つけたまひて、ふと取りたまひつ。（『落窪物語』巻一）

帯刀が姫の文を持って出て行こうとした時、「蔵人の少将が急にお呼びだ」と言うようなので、彼は文をどこかに置く暇もなく、懐に入れて参上した。用事は少将の〈鬢《びん》の髪を整えよ〉ということだった。後ろ髪を整えようとして少将もうつぶし帯刀もうつぶした時に、懐中にあった文が落ちた。帯刀は気がつかなかったが、少将は見つけてふと手に取り、仕舞ってしまわれた。

蔵人の少将は惟成に両耳の上の部分の髪を整えよと命じたのだが、惟成は丁寧にも後ろの毛も整えた。それで少将の背後に回り、主人に俯《うつむ》かせ自分はその背にかぶさるようにして髪を梳《くしけず》った。泔《ゆする》の水を使ったのはその際だ。そしてその時に、惟成の懐から大事な手紙が零《こぼ》れ落ちてしまったのだ。少将の膝のあたりにでも落ちたのか、何の気なしに少将は手に取る。しかし実はこの人物は、落窪姫の異母妹の婿であった。そこから、落窪姫が恋をしていることが継母側に知られてしまうのである（人物相関図）。

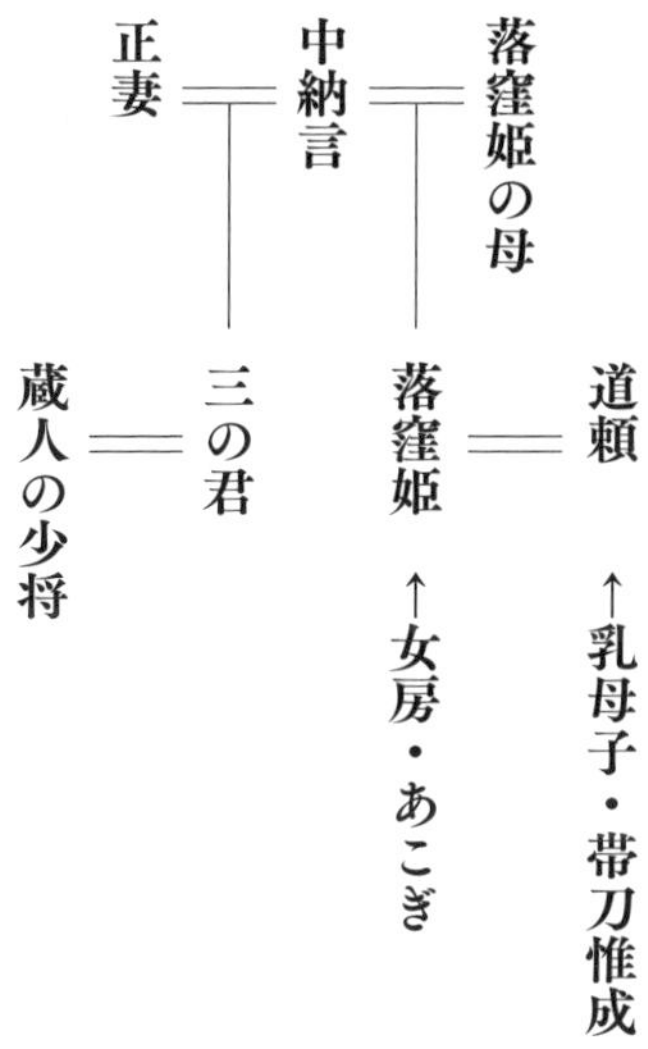

手紙のなくなっていることに惟成が気づいたのは、泔を片付けている時だった。

帯刀、御ゆするの調度など取りおきて、〈立つ〉とて、かいさぐるに、なし。心騒ぎて立ち居ふるひ、紐《ひも》ときて求むれど、絶えてなければ、〈いかになりぬらむ〉と思

ひて、顔赤めてゐたり。〈ここよりほかにありかねば、落つとも、ここにこそあらめ〉とて、おましをまづ取り上げてふるへども、いづこにかあらむ。〈人や取りつらむ、いかなること出で来む〉と、思ひ嘆きて、頬杖《つらづゑ》をつきて、ほれてゐたるを、少将〈出づ〉とて見たまひて「など惟成はいたうしめやぎたる。物や失ひたる」とて笑ひたまふに、〈この君とり隠したまへるなめり〉と思ふに、死ぬる心地す。（同前）

帯刀（惟成）は御主人の泔の道具などを片付けて、立とうとして懐に手をやると、文がない。どきっとして、立ち、座り、体を振るい、装束の紐をほどいて探したが、全然ない。『どうなったんだろう』と思って、赤い顔で座り込んだ。『ここ以外にどこへも行かなかったから、落ちたとしてもここにあるはずだ』。そう思って、とりあえず主人の座っていた敷物を取り上げて振ったが、どこにもありはしない。『誰かが取ったのかな。継母に知られたらどんな大事件になっちゃうんだろう』と、ため息をついて、頬杖をついてぼんやりしていると、その姿を先ほどの少将が出がけに見かけられ「惟成はどうしてひどく落ち込んでいるんだ？　何か無くしたのか」と言って笑うではないか。『この君が取って隠してしまわれたんだ』と思うと、気持ちはもう死にそうだ。

懐を探り、文が無いとわかると、立ち、座り、体を振り、着物をほどいてまた探す。座って敷物をひっくり返す。それでも見つからないとなると、肩を落として頬杖をつく。さあ、どうする？　惟成。泔で気を利かさなければよかったね。だが彼は律義者だから、蔵人の少将の後ろ毛をしっかり整えようとして文を落としてしまったのだ。また集中して仕事をしていたから、落としたことにも気づけなかったのだ。文使いが文を落とすということは現実にもよくあり、トラブルを引き起こしている。物語ではこのように、ストーリー展開のきっかけに使われ、読者をはらはらさせている。

光源氏の贈られた泔坏

さて、泔坏は室内に飾る調度でもあるので、人から人に贈られることもあった。『源氏物語』「若菜上」の巻で、光源氏は四十歳の初老を迎える。その祝いの品として贈られたとびきり豪華な品々の中に、泔坏が見える。

螺鈿《らでん》の御厨子《みづし》二具《ふたよろひ》に、御衣箱《ころもばこ》四つ据ゑて、夏冬の御装束、香壺《かうご》、薬の箱、御硯、泔坏、掻上《かかげ》の箱などやうの物。内々《うちうち》清らを尽くしたまへり。（『源氏物語』「若菜上」）

　光る貝殻をあしらった塗り物の戸棚二対四振りに御衣装箱を四つ置いて、それぞれの中には夏冬の御召し物、さらには香の壺、長寿のための薬の箱、御硯、洗髪料入れ、整髪用具の箱などのような物たち。源氏の院には内証で美を尽くしたものだった。

　贈り主の玉鬘《たまかづら》は、光源氏が十七歳の頃愛した夕顔の娘で、父は当時の頭中将《とうのちゅうじょう》である。一時は九州で暮らしていたが、やがて上京して光源氏の養女となった。光源氏四十歳のこの時は朝廷の女官長にして天皇の女性秘書官長でもある「尚侍《ないしのかみ》」の要職に就いており、しかも夫の髭黒《ひげくろ》は左大将という重職にある。キャリアウーマンにしてセレブの妻である彼女が持ち前のセンスであつらえた品々は、どれも都会的で気の利いた斬新なものだった。その中に、光源氏の髪を整えるための「泔坏」があったのだ。
　玉鬘がこの祝いを催したのは光源氏の娘という親しさからだが、養女なので血は繋がっていない。たまたま光源氏に引き取られて二年間ほど六条院に住んだという関係だ。ところがその間に、光源氏は彼女にほのかな恋心を抱いてしまった。彼女に告白もした。彼女はとまどい、結局光源氏とは深い仲になることなく人の妻となった。それから二年が過ぎ、今や、片や夫との間に二人の子までなした玉鬘、片や初老の年齢に達してしまった光源氏である。時の流れは否応なく二人の距離を広げた。しかし対面して挨拶をした時、二人の心内には昔の思い出が様々に去来したに違いないと物語は言う。

彼女からの贈り物を、その後の暮らしの中で光源氏はどんな気持ちで使ったのだろうか。贈った彼女に他意はあるまいが、泔坏を用いて髪を整える度に、光源氏は彼女が身近にいるように感じたかもしれない。深くは考えまいと抑えながらも、既に終わった中年の恋が思い浮かんだかもしれない。泔坏は光源氏の胸を騒がせたのではないだろうか。

泔の上の塵

実際に整髪にあたるかどうかはともあれ、男性の整髪道具である泔坏を整えるのは、妻や恋人の大切な仕事だった。例えば『うつほ物語』（「蔵開 中」）では、主人公の仲忠が仕事で急に内裏に泊まり込むことになった時、「宿直用の物を」と頼まれた妻の女一の宮は、装束に加えて泔坏の道具をいそいそと用意して使いに持たせている。だが、その夫が不在となればどうだろう。『蜻蛉日記《かげろうにっき》』には、そんな泔坏の水が塵《ちり》を浮かべる様が象徴的に記されている。

作者・道綱母《みちつなのはは》が藤原兼家《ふじわらのかねいえ》の妻となって十二年ほど経った頃のことだ。道綱母は些細なことで兼家と言い合いになった。売り言葉に買い言葉で喧嘩は高じ、怒った兼家が自宅に戻るまでの大事に発展した。

端《はし》の方《かた》に歩み出でて、幼き人を呼び出でて、「我は今は来《こ》じとす」など言ひおきて、出でにけるすなはち、這《は》ひ入りておどろおどろしう泣く。「こはなぞ、こはなぞ」と言へど、いらへもせで、ろんなう、さやうにぞあらんと、おしはからるれど、人の聞かむもうたてものぐるほしければ、問ひさして、とかうこしらへてあるに、五六日ばかりになりぬるに、音《おと》もせず。（『蜻蛉日記』上巻　康保三（九六六）年八月）

夫は縁に出て息子を呼び「私はもう来ないよ」などと言い残して出て行った。息子はすぐに部屋に這い入り、大声で泣く。「どういうこと、何があったの」と聞いても

答えもしないので、私は、「きっとあの人がひどいことでも言ったに違いない」と察しはついたものの、女房の聞いているのも嫌だしみっともないし、それ以上息子に聞きもしないで、ただなだめるばかりだった。そのうち五、六日が過ぎてしまったが、あの人からは何も言ってこない。

兼家は感情的な人物だったのだろう。あるいはこの口の立つ妻が面倒だったのか。言わなくてもよい捨て台詞を息子に残して立ち去った。道綱は十二歳で、元服前の少年である。四つん這いで御簾《みす》をくぐり母に向かって大泣きに泣いたとは年の割に幼い感があるが、それだけうろたえたということなのだろう。ややもすれば角を突き合わせる両親をずっと見てきて、だが最近はしばらくうまくいっていただけに、安心が大きな不安に転じた。さては今度こそ父と母は別れるのかと、泣くほどの恐怖を感じたのだろう。

道綱母は、この時点では息子ほどは深く考えず高をくくっていた。だが五、六日たっても兼家から音沙汰がないとなれば、黒雲のような不安を感じずにいられない。

二

例ならぬほどになりぬれば、「あなものぐるほし。戯れごととこそ、われはおもひ

しか。はかなき仲なれば、かくてやむやうもありなむかし」と思へば、心細うて眺むるほどに、出でし日使ひし泔坏の水は、さながらありけり。上に塵ゐてあり。かくまでと、あさましう、

絶えぬるか　影だにあらば　問ふべきを　形見の水は　水草《みくさ》ゐにけり

など思ひし日しも、見えたり。例のごとにて止みにけり。かやうに胸つぶらはしき折のみあるが、世に心ゆるびなきなむ、わびしかりける。(同前)

夫の来ない日が今までになく長くなってしまったので「これは普通ではない。冗談だとばかり私は思っていたけれど、脆い間柄だもの、これでおしまいということもあるかもしれないわ」と思うと心細い。もの思いにふけっていると、あの人が出て行った日に使った泔坏の水がそのままになっているのに気づいた。上に塵が積もっている。「ここまで」と驚き、

終わりなの？　せめてあなたの影だけでもこの泔坏の水に映っていれば、聞くことができるのに。あなたの残して行った水には、今は水草が浮いている。

そんなことを思っていたちょうどその日、夫は来た。例によって何事もなかったよう

にことは終わった。こんなはらはらするようなことばかりで気の休まる時がないのが、私にはつらかった。

道綱母の立場は正妻ではない。兼家との関係は世間から承認されているとはいえ、もし兼家の通いが途絶えてしまえば自然消滅もあり得る、儚《はかな》い関係なのだ。それを自覚しているからこそ、兼家が五、六日連絡を寄越さなければ、それだけで恐怖が心をよぎる。そんな時ふと目に入った泔坏は、夫婦の仲をあからさまに見せつけるものだった。喧嘩をした当日まで、彼はこの水を使っていた。泔は二人の睦まじさの証だったのだ。だが今や、目を凝らせば泔の上には塵が浮かんでいる。それだけの時間、彼はこの家に来なかったのだ。何と残酷な光景だろう。

泔坏の水を、道綱母は「形見の水」と呼んだ。「形見」は現代語のそれと同様に名残の品の意味だが、本来は「形が見える」という文字の通り、ある人の姿形を見て取ることのできる物の意である。遺品しかり、思い出の品しかり。道綱母のもとで兼家はいつもこの泔坏を使っていた。だから泔坏を見れば、兼家の姿が水面に浮かぶようにありありと見えるはずなのだ。だが今や、二人の疎遠な時間を表す塵が泔の水面を覆って、それを妨げている。

さらにその塵を、道綱母は和歌では「水草」と詠みかえている。自分自身を水草になぞらえたのである。水草は水面に不安定に浮いている。彼女自身も兼家の心に運命を委《ゆだ》ね、彼の気まぐれに一喜一憂する不安定な人生を送っている。「浮く」という言葉は「憂く」に通じ、正妻という制度的保障や彼の確固とした愛という安心材料のない我が身が、不安でつらくてならない。

などと心配していた矢先、兼家はやって来た。いつものようにけろりとして、仲たがいについては何の言葉もない。息子がうろたえ傷ついた夫婦喧嘩、道綱母が捨てられたかと覚悟した一件は、何だったのか。謝罪でなくてもいい、せめて一言がほしいのに。彼との暮らしはこうしたことの繰り返しだったという。

そうは言っても、兼家が訪れれば道綱母はいそいそと女房に命じ、泔坏の水を取り替えさせたのだろう。先刻まで彼女が自分を重ねていた水面の塵も、さっぱりときれいにされたのだろう。日常は流れていく。そして泔坏は彼女たちの日々を、部屋の隅から見続けている。

第10章

手こずる

泔

ゆする

2

女性の洗髪

髪の長い貴族女性にとって、洗髪は大変だった。一たび洗えば、なかなか乾かない。夫の宿直のために妻が泔坏《ゆするつき》を運ばせた例が『うつほ物語』にあったが、その夫が宿直勤務から家に帰ると、妻は別室で洗髪中だった。夫は驚き声をあげる。

「などか。まかで侍りとは聞し召しつらむを。今日しも、おぼろけに久しく洗《す》ます御髪《ぐし》のやうに。洗まし干さむほど、命短からむ人は、え対面賜はらじかし。」(『うつほ物語』「蔵開 中」)

「なんでまた。奥様は僕が内裏から帰ってご存知なんでしょ？　よりによってその今日、ずっと洗えなかったみたいに。洗って乾かす間に、寿命が短かったら二度と会えずに死んでしまうよ」

若い夫は『うつほ物語』の主人公・仲忠で時に二十五歳。一昨年結婚した妻は今上天皇の長女で、彼が敬語を使っているのは彼女の至高の身分のためだ。二か月前に女の子が誕生したが、夫婦の気分はまだ完全に新婚である。夫が泊まり込みの仕事からようやく帰ると聞いて、妻は美しくして迎えたかったのだろう。一方の夫は、彼女の洗髪と乾燥の間に自分が死んでしまうなどと大げさな物言いだが、それほど思いが募っていた。また実際、物語は妻の洗髪が早朝から日暮れまでかかったと記している。平安文学でも記されることの珍しいその様子を読もう。（図10－1）

宮、つとめてより暮るるまで、御髪《みぐし》洗《す》ます。御湯帷子《ゆかたびら》して、おもと人立ち居て参る。洗まし果てて、高き御厨子《みづし》の上に御褥《しとね》敷きて干したまふ。…廂《ひさし》に横様に立てたる御厨子なり。母屋《もや》の御簾を上げて、御帳立てたり。宮の御前には、御火桶据ゑて、火起こ

して、薫物《たきもの》どもくべて薫き匂はし、御髪あぶり、拭《のご》ひ、集まりて仕うまつる。(同前)

宮様は早朝から日が暮れるまで御髪を洗う。湯帷子をお召しになり、女房たちが立ち並んで介添えする。洗い終わると、背の高い物入の上に敷物を敷いて、その上で髪を乾かされる。…縁の手前の廂の間に横向きに置いた物入だ。廂の間と母屋を仕切る御簾は巻き上げて、御帳台を立ててある。宮様の前には火桶を置いて火をおこし、薫物をくべて良い香りを漂わせ、その熱で髪をあぶり、水気を拭きとり、と女房たちが集まって作業にいそしんでいる。

洗髪される女一の宮は、濡れても良いように「ゆかたびら」なるものを着た。後の世の「ゆかた」である。洗髪後は母屋の御帳台で横になり、髪は人々の手で、次の間に設置した物入の上まで伸ばされた。母屋と次の間の間の御簾は邪魔にならないように巻き上げる。長く張った髪の周りに女房たちが立ち、髪のしずくをぬぐう。火桶の火はドライヤーよろしく髪を乾燥させてくれるとともに、香りをつける効果もある。

なお、平安女性の髪といえばウエーブのないまっすぐな髪が想像され、実際そうした髪

図10-1　髪を乾かす様子

が理想とされたのだが、実は多くの日本女性の髪は今も昔も自然状態ではうねっているものらしい。だが水に濡れるとうねりは取れるので、洗ってそのまままっすぐに伸ばしながら乾かすとストレートにスタイリングできる。宮の髪を次の間の物入の上まで張り伸ばしたのはそのためだ。ところが物語ではここに夫がやって来て、妻を自分たちの部屋に誘う。世話をしていた宮の乳母が彼を止める。

「干し果てさせたまひてこそ。渡らせたまへらば、ただ大殿籠りなば、御髪にたわつきなむず。」（同前）

「髪を乾かし終えてからにして下さいませ。ご自室に行かれたらすぐにお床にお入りになるのでしょう。それでは髪にくせがついてしまいます」

だが、彼は結局待ちきれず彼女をかき抱き、連れて行って共寝してしまう。「また明日洗わなくては」と乳母はこぼし、宮の母は「いいじゃないの、婿殿に任せましょう」と乳母をなだめる。洗髪をモチーフに、夫婦の睦まじさ、二人を見守る人々の和気藹々《わきあいあい》が描かれた場面である。

匂宮が待てなかった泔

ところが、『源氏物語』の泔はこうした幸福な世界を見せてはくれない。次の宇治十帖の場面は前述の『うつほ物語』を下敷きにしていると思われるが、妻の泔は夫を手持ちぶさたにし、結果として浮気のきっかけを作ってしまう。

夫は光源氏の孫である匂宮《におうみや》、妻はかつて宇治に住んでいた「宇治の中の君」である。結婚して二年になり、少し前に初めての子供が生まれたばかりというところが『うつほ物語』と重なる。もっとオタクなことを言えば、脇役で登場する女房の名まで「大輔」や「右近」など同じなのである。作者は、読者が仲忠と妻の泔《ゆする》場面を思い出すように誘導しているようだ。

さて、匂宮は『うつほ物語』の仲忠と同様に、妻がいるはずの部屋にやって来て洗髪中だと聞く。

夕つ方、宮こなたに渡らせたまへれば、女君は御泔のほどなりけり。人々もおのおののうち休みなどして、御前には人もなし。小さき童《わらは》のあるして、「折悪しき御泔のほどこそ、見苦しかめれ。さうざうしくてや眺めむ」と聞こえたまへば、「げに。おはしまさぬ隙々《ひまひま》にこそ、例は洗《す》ませ、あやしう、日ごろ、もの憂がらせたまひて。今日過ぎば、この月は日もなし、九十月はいかでかはとて仕まつらせつるを」と、大輔いとほしがる。若君も寝たまへりければ、そなたにこれかれあるほどに、宮はたたずみ歩《あり》きたまひて、西の方に例ならぬ童の見えつるを、今参りたるかなど思《おぼ》してさし覗きたまふ。（『源氏物語』「東屋」）

夕方、匂宮が中の君のお部屋にいらっしゃると、中の君は別間でおぐしを洗われている最中であった。女房たちも三々五々休憩を取るなどして、お部屋には誰もいない。居合わせた小さい女童を使いにして匂宮が「御洗髪中とは間が悪い。まろがさぞみっともなかろう？　手持ちぶさたでぼんやりすることになろうとはね」と中の君にお伝えなさると、女房の大輔が「本当に。奥様はいつもなら宮様のいらっしゃらない時を選んでお洗いなのですが、どうしたものかここしばらく面倒がられて。もしも今日を逃せば、この月は良い日もなし、九月十月はまさか、ということで私たちがお勧めしたものですから」と、申し訳なさそうにする。お坊ちゃまもお休みになっていて女房の誰彼もそちらに行っており、匂宮は所在なく歩き回られた。すると、西の廂《ひさし》の間のほうに見慣れない童のいるのがふと目に入った。ならば新入りの女房がいるのか？匂宮はそう思って、覗き込まれた。

妻が洗髪中で一人置いてきぼりにされがっかりするところまでは仲忠と同じである。だが匂宮は仲忠と違って、妻の髪が生乾きになるまでも待てなかった。仲忠の場合はその間、赤ん坊をあやすなどして家庭的に過ごしており、匂宮も子煩悩は仲忠と同じなのだが、彼の子はあいにくと眠っているところである。それもすべて物語による「仕掛け」だ。

なお、中の君が夫をおいて洗髪することの言い訳を女房が述べていて興味深い。八月中には当日しかなく、九月と十月は最初から無理だとは、どういうことだろうか。男性貴族が洗髪に吉日を選んだことは、具注暦《ぐちゅうれき》が陰陽師の占いによる吉日にのみ「沐浴」と記していることから明らかである。「沐浴」は髪と体を洗うことで、『伊呂波字類抄《いろはじるいしょう》』が「沐」を「カシラアラフ　濯髪也」と説明するように「沐」が洗髪にあたる。ただ具注暦では九月と十月にも「沐浴」の吉日が時々見受けられるので、合点がいかない。具注歴がいうのは男性の洗髪に限られ、こと女性においては別だった可能性もある。

『源氏物語』の中世の注釈書『花鳥余情《かちょうよせい》』を見ると、この箇所に「九月は忌む月なり」の注がある。「忌む月」とは仏教の「忌月《いみづき》」別名「三長斎月《さんちょうさいがつ》」で、正月と五月と九月を言う。この三つの月は、在家の信者が特に「八斎戒《はっさいかい》」を守り身を慎む月だった。だが「八斎戒」に洗髪の禁止は入っていない。また『花鳥余情』は十月について「十月はかみなし月にて髪あらふにはばかる月なるべし」と注している。十月は神無月＝髪無月で、洗髪を控えるべきだったということだが、「なるべし」とあるようにこれは推測だ。つまり、『花鳥余情』の成立した文明四(一四七二)年、十月に泔を忌む理由は既に曖昧になっていたのである。言いたいのは、九月十月に髪は洗えないと言った女房の言葉は、彼女が特に縁起を担ぐ性分だったことによっていて、一般にはさほど厳格な禁忌がなかったのかもしれない、ということだ。

物語に戻ろう。匂宮はもともと色好みで、女房に見境なく手を付ける男である。相手は自分付きの女房に限らない。この場面でも、妻の部屋で幼い召使を見つけるや、その子を付き人にしている新入り女房がいるはず、と勘が働いて、即座に動き出す。そして覗き込んだ襖《ふすま》の隙間に見つけたのが、浮舟だった。妻・宇治の中の君の異母妹にして『源氏物語』最後のヒロインである。

浮舟は父が光源氏の弟である宇治の八の宮だが、母は八の宮の亡妻の女房だった。妻が死に寂しさに耐えきれなかったものか、八の宮は女房に手を付けた。そして女房が妊娠するや、おなかの子もろとも彼女を捨てた。こうして母女房が一人で産んだのが浮舟である。母は子連れで受領と結婚し、浮舟は母と継父と共に東国を転々としつつ成長した。そして都に戻り、縁談がまとまりかけていたところを、継父の実の娘ではないという理由で破談にされる。利に聡《さと》い相手の男は、富裕な受領の実の娘、浮舟にとっての異父妹と結婚したいというのである。家中は花嫁を取り替えた結婚準備に取り掛かり、浮舟は居所をなくした。母は浮舟の傷心を慰めるため、かつて自分を捨てた八の宮の娘である中の君に連絡を取り、浮舟をしばらく預かってくれるように頼み込んだ。

夫の女好きを知っている中の君は、浮舟のことを隠していた。だが泔《ゆする》で目を離したすきに、匂宮は浮舟を見つけた。彼女の衣《きぬ》の裾を捉え、隣に身を滑り込ませ、扇で顔を隠そうとする手をつかんで「君は誰だい？　名前が聞きたいな」と囁き添い臥す。この時は大事には至らなかったものの、やがて浮舟が薫によって宇治に引き取られた後、事は匂宮と彼女の密通、薫への発覚、悩む浮舟の自殺未遂へと発展する。

他者の些細としか言えない行為が、人生の大きなつまづきを呼ぶことがある。あの時呼びとめられなければ遅刻していなかったとか、電話がかかってこなければ事故に遭っていなかったとか。浮舟にとってはそれが姉の泔だった。もしもその泔が女房の縁起の担ぎすぎ程度のことで行われたのならば、まさに浮舟は不運としか言えない。いや、それが巡り合わせというものなのか。

六条御息所の泔

『源氏物語』にはもう一つ、人生に関わる泔が登場する。「葵」巻、光源氏の長年の愛人である六条御息所が使う泔である。

御息所が光源氏の正妻・葵の上と賀茂祭の見物の場で鉢合わせて屈辱を味わったことは、「牛車」の章で見たように「車争い」と呼ばれ、よく知られている。物語はその後、彼女が恨みから生霊と化して葵を取り殺したと読めるように展開する。「泔」はその物的証拠に関わる重要な小道具となる。

身重の葵の上が体調を崩し、周囲は修法を行って物怪《もののけ》を調伏しようとする。物怪の正体は御息所の「御生霊《いきすだま》」だという噂が御息所の耳にも入り、彼女は考えこむ。

思《おぼ》し続くれば、身一つの憂き嘆きよりほかに、人を悪しかれなど思ふ心もなけれど、物思ひにあくがるなる魂《たましひ》は、さもやあらむと思し知らるることもあり。

年ごろ、よろづに思ひ残すことなく過ぐしつれど、かうしも砕けぬを、はかなきことの折に、人の思ひ消ち、なきものにもてなすさまなりし禊ぎの後、一節《ひとふし》に思し浮かれにし心静まりがたう思さるるけにや、少しうちまどろみたまふ夢には、かの姫君とおぼしき人のいと清らにてある所に行きて、とかく引きまさぐり、うつつにも似ず、猛くいかきひたぶる心出で来てうちかなぐるなど見えたまふこと、度重なりにけり。

（『源氏物語』「葵」）

あれこれ考えると、不運な身の上を嘆く以外に他人を悪しかれと願う心などないが、思い詰めると体を抜け出す生霊なるものについては、もしかしたらと思い当たる節もある。

何年も、悩まぬことがないほどあれこれ悩んで生きてきたが、ここまで心が砕けることはなかった。だがあの些細な出来事の折、人が自分を見下し無視する様子だった賀茂祭の禊の日からというもの、ただその一件で落ち着きを失った心は、鎮まる時もなくなった。そのせいだろうか、少しまどろんだ夢には、あの姫君とおぼしい人の麗しく住んでいる所に行って、様々にいたぶり、平生とは打って変わってひたすら獰猛で荒々しい感情が湧いてきて引きずり回したりする、そんな光景が見えることが、度重なった。

「ああ嫌だ、本当に私の心は身から離れてどこかに行ってしまったのだろうか」と御息所は震える。当時、心が身から離れるという言い回しが和歌などにあったのだ。とはいえ実際の現象ではなくものの喩えに過ぎないのだが、六条御息所はこの辺りから実体験と幻想の境が曖昧になってくる。自分の魂は身を離れて光源氏の妻のもとへ行き、やりたい放題の暴力をふるっているのではあるまいか。そんな異常な精神状態を覚えることが、御息所には度重なる。

やがて物怪の正体が御息所であるという噂が葵の上の周辺の女房たちによって囁《ささや》かれ、

光源氏の耳にも入る。そしてついに彼自身も、その幻想を体験することになる。葵の上に出産の兆しが見えた床《とこ》でまたしても物怪が現れ、霊験あらたかな験者たちにも手の打ちようがない中で、物怪の憑いた葵の上が苦し気に泣きながら光源氏を呼んだ時である。励ます光源氏に葵の上は言った。

「いで、あらずや。身の上のいと苦しきを、しばし休めたまへと聞こえむとてなむ。かく参り来むとも、さらに思はぬを、物思ふ人の魂は、げにあくがるるものになむありける」と、なつかしげに言ひて、

嘆きわび　空に乱るる　わが魂を　結びとどめよ　下交《したが》ひの褄《つま》

とのたまふ声、けはひ、その人にもあらず変はりたまへり。いとあやしと思し巡らすに、ただかの御息所なりけり。（同前）

（葵の上が気弱に泣くのを源氏の君が御慰めになると）「いいえ、違うの。お経がとてもつらいから、ちょっと楽にさせてほしいと申し上げたくてね。このように参ろうとも全く思わないのに、悩む人の魂は本当に身を離れるものだったわ」と慕わしげに言って、

嘆くのもつらくて虚空に迷う私の魂を、結びとどめて下さいな、あなた。まじないの言うように、下交えの褄を結んで。

そうおっしゃる声、雰囲気が、葵の上その人とはうって変わっていらっしゃる。おかしい、誰だろうと思いを巡らせると、まさにあの御息所なのだった。

彼は腕の中の妻の声や雰囲気が別人のように変わったと感じ、はて誰かと思いを巡らした。そして「ただかの御息所なりけり」と思い当たったのだった。驚いて彼が物怪をはねつけ「名を名乗れ」と言うと物怪は「ただそれなるありさま」、つまり彼の知る御息所その人の姿形となり、彼を震撼《しんかん》させる。物怪はやはり六条御息所だったのだと、彼は確信せざるを得ない。そしてその思いは、離れた六条の邸宅にいる御息所の抱く所でもあった。

怪しう、我にもあらぬ御心地を思し続くるに、御衣《おんぞ》などもただ芥子《けし》の香《かし》に染み返りたり。怪しさに、御泔《ゆする》参り、御衣《おんぞ》着替へなどし給ひて試み給へど、なほ同じやうにのみあれば、わが身ながらだに疎ましう思さるるに、まして、人の言ひ思はむことなど、人にのたまふべきことならねば、心一つに思し嘆くに、いとど御心変はりもまさりゆ

く。（同前）

不可解な、自分が自分でないような精神状態をたどってみると、お衣裳にもまさに芥子の香が染みついている。ぞっとして、髪を洗いお着物を換えたりしてみるが、やはり変わりはしない。我が身ですら不気味なのに、まして世の人はどう思うか。誰にも打ち明けられないことなので心一つに秘めて嘆いていると、ますます心は常軌を逸してゆくのだった。

「泔」は、ここに登場する。御息所は自分の装束に芥子の香が染みついていると感じる。芥子は邪気払いの修法で護摩《ごま》を焚く時、火の中に投じた。葵の上の産所では盛んに修法が行われていた。自分はやはりそこに行ったのだろうか？　気味が悪く、御息所は泔で髪を洗うが変わらない。芥子の匂いが染みついて落ちないのである。必死で髪を洗い、しかしどうしても匂いは落ちず、御息所は恐怖と絶望に襲われる。

だが、この香りは御息所が考えたとおり、彼女が生霊となって葵の上の出産現場に行っていたことの物的証拠なのだろうか。必ずしもそうとは言えない。なぜなら、芥子は御息所自身の周辺でも焚《た》かれていたからだ。御息所は、生霊の噂に悩んで体調を崩した折り、自分自身が修法を受けていた。その香りが深く染みついていたとも考えられる。自分が受けた修法のことすら忘れるほど彼女が度を失っていたということだ。

あるいは、香りが幻臭であった可能性もある。新型コロナウイルス感染症の症状のひとつに嗅覚異常があったように、嗅覚は微妙な感覚だ。御息所が感じた芥子の香は、自分を疑う心が嗅がせた幻の匂いだったとも考えられないか。

いずれにせよ、泔の水は彼女の感じる異臭を消し去ってはくれなかった。泔を使いながら、御息所は自分の心と対峙《たいじ》せざるを得ない。映画『源氏物語　千年の謎』にはこのシーンがあり、御息所の顔が泔の水に浮かんで揺らめく。それは決して自分から去ってくれない煩悩《ぼんのう》の顔である。物言わぬ道具が、人に迫り人を追い詰める。そうさせるのは結局、モノではなく自分の心である。

第11章 護る

御帳台《みちょうだい》 1

部屋の中の部屋

御帳台《みちょうだい》は、寝殿造りの母屋《もや》に置かれる最も大型の家具である。名前のとおり帳《とばり》のある寝台で、四方に柱が立ち、機能の面からも部屋の中の部屋ということができる。高貴な人々が使用することがほとんどなので「御帳台」または「御帳」と尊称の「御《み》」を付けて呼ばれるが、使用する身分は天皇、皇族、摂関家の人々など様々である。ただ、設置されるのが母屋なのでその主《あるじ》が利用することになり、自ずと御殿における立場の高い人のものとなる。なお「御帳」は帳台ではなくただの帳、貴人の室内に垂らしたカーテン状の布を指すこともある。

以前、京都の風俗博物館で、復元された御帳台に入ったことがある。構造は結構シンプルで、組み立てや解体もそう難しくなさそう。史料や作品で、転居に合わせて臨時に設置したり、時には場所を動かしたりしているのも、なるほどこれならと納得できる。だが、開いた帳の口から入り、中に身を置いてみると、何とも言えない不思議な感覚に包まれた。広いのか狭いのか。ここにいることを、隠れていると言えるのか言えないのか。寛げるのか落ち着けないのか。どちらでもあるようなどちらでもないような、中途半端としか言えない感覚を覚えたことだった。

そこには第一に、サイズが絶妙な効果をもたらしているのだと思う。御帳台の大きさは、外観では四畳半の部屋がすっぽり入る大きさで、見上げるほどもある。史料にも、例えば『類聚雑要抄《るいじゅざつようしょう》』に記載された後冷泉上皇用御帳台（康平三年八月十一日高陽院移御に係る）は、「方一丈、高七尺五寸」。約三メートル四方、高さ約二二五センチと記す。足元には高さ一尺（約三〇センチ）の黒漆の箱が四つ並べられ、寝台の基礎とされる。これを「浜床《はまゆか》」と呼ぶ。内部には畳を二畳敷く。厳密には建物によりまちまちだが、それなりの寸法だ。しかし中を覗くと、四方に立てた柱が結構場所を食っていて、思ったほど広くはないのである。一般貴族の邸宅では浜床を省略したが、いずれにせよ帳の内側の三方に几帳を置いたので、広々とはしていない。一方、天井部の明障子《あかりしょうじ》に圧迫感はなく、寝そべると随分高く感じられる。

現代の日本人の平均身長は、大人の男性で一七〇センチを少し超える。栄養が十分に与えられてＤＮＡの形質が十分に発動するとこの高さになるのだと聞く。平安時代でも、支配階級の人々は栄養が行き渡っており、それなりの身長があったと推測されている。この広さは、彼らにはどう感じられたのだろうか。

ここで重要なのは、彼らは御帳台に一人でも入り、二人でも入ったということである。また微妙なことに、寝台を囲むのは帳、つまり布という実に頼りないものだった。さらに忘れてならないことには、天皇や后妃《こうひ》は言うに及ばず、一般貴族でも寝殿造りに住むような人々は、常に使用人に取り巻かれて暮らしていた。さて、御帳台の主たちは、御帳台に護られて心安らかに時を過ごせたのだろうか、どうだろうか。

獅子・狛犬に護られて

御帳台ができたのは、寝殿造りの住宅には基本的に間仕切りがなく、眠る時に人目を避けたいと思えば目隠しが必要だったためだ。几帳《きちょう》や屏風も活用されていたが、母屋《もや》の主人のためには、やはり専用の寝台が用意されたのだ。幾つもの住まいを持っている貴族や、普段は内裏後宮の殿舎で暮らしているが時に実家に戻るキサキたちの場合は、滞在した先々に御帳台が設けられた。『枕草子』では、そんな中宮定子の御帳台を見て、清少納言が面白がっている。

つとめて、日のうららかにさし出でたるほどに起きたれば、白うあたらしうをかしげに造りたるに、御簾《みす》よりはじめて、昨日かけたるなめり。御しつらひ、獅子《しし》、狛犬《こまいぬ》など、いつのほどにか入《い》りゐけむとぞをかしき。（『枕草子』「関白殿、二月二十一日に」）

早朝、日がうららかに射しだした頃に起きると、白く新しくおしゃれに造られた新築の御殿に、御簾を始めいろいろ掛けてある。きっと昨日掛けたのだろう。御部屋のしつらいは、獅子《しし》や狛犬《こまいぬ》などが、いつのまに上がり込んで座っているのかしらと面白い。

正暦五（九九四）年二月、父の関白藤原道隆が積善寺《しゃくぜんじ》で大掛かりな法要を営むことになり、中宮定子は参列のため内裏から里邸の二条北宮に移った。里邸とはいえ彼女一人のために父が新造した御殿で、使うのは初めてである。床や柱は真新しく輝き、御簾などもすっかり整えられている。

清少納言は前年の正暦四（九九三）年に仕え始めたばかりで、まだ新米だった。見るものすべてが、さぞ珍しく映っただろう。中でも彼女が目を留めたのは「獅子、狛犬」だった。これは対《つい》の置物で、天皇と皇后（中宮）それぞれの御帳台の前だけに、中にいる尊い存在を敬って置かれたものである。御帳台の正面に、現在の神社の狛犬のように、左右一体ずつ向かい合わせて置く。定子の内裏での御殿では清少納言も見慣れていたもののはずだが、移動先の帳台の前に、二つがつくねんとあるのを見つけた。まるで本当の動物が定子を慕って上がり込んだようで可愛く、「いつのまに」と感じたのである。

なお、御帳台の魔除けの具は他にもあり、沈《じん》または檜《ひのき》で作った懸角《かけづの》を前方の左右の柱の

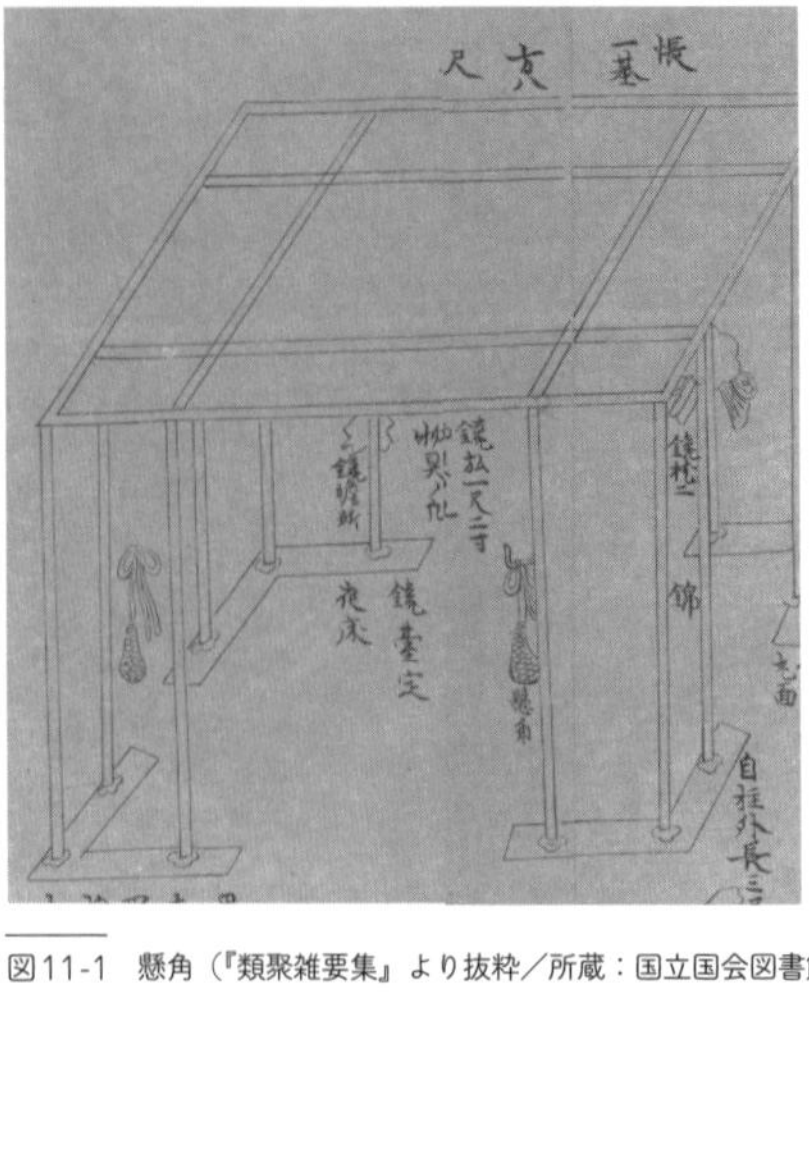

図11-1　懸角（『類聚雑要集』より抜粋／所蔵：国立国会図書館）

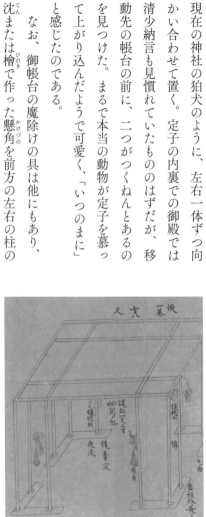

上部に下げ（図11－1）、八稜鏡《はちりょうきょう》を後方の左右の柱に掛けた（図11－2）。これらは天皇・皇后の御帳台に限らず置かれたもので、就寝時が邪気の忍び寄る危うい時間と考えられていたためである。

秘め事には気を利かせて

御帳台は一人で休むだけではなく夫や妻、恋人と共に過ごす場所でもあり、いきおい秘め事の場ともなる。その時、貴人の側に仕えている者たちはどうしたか。

未《ひつじ》の時ばかりに、「筵道《えんだう》まゐる」など言ふほどもなく、うちそよめきて入《い》らせ給へば、宮もこなたへ入らせ給ひぬ。やがて御帳に入らせ給ひぬれば、女房もみな南面《みなみおもて》にみな

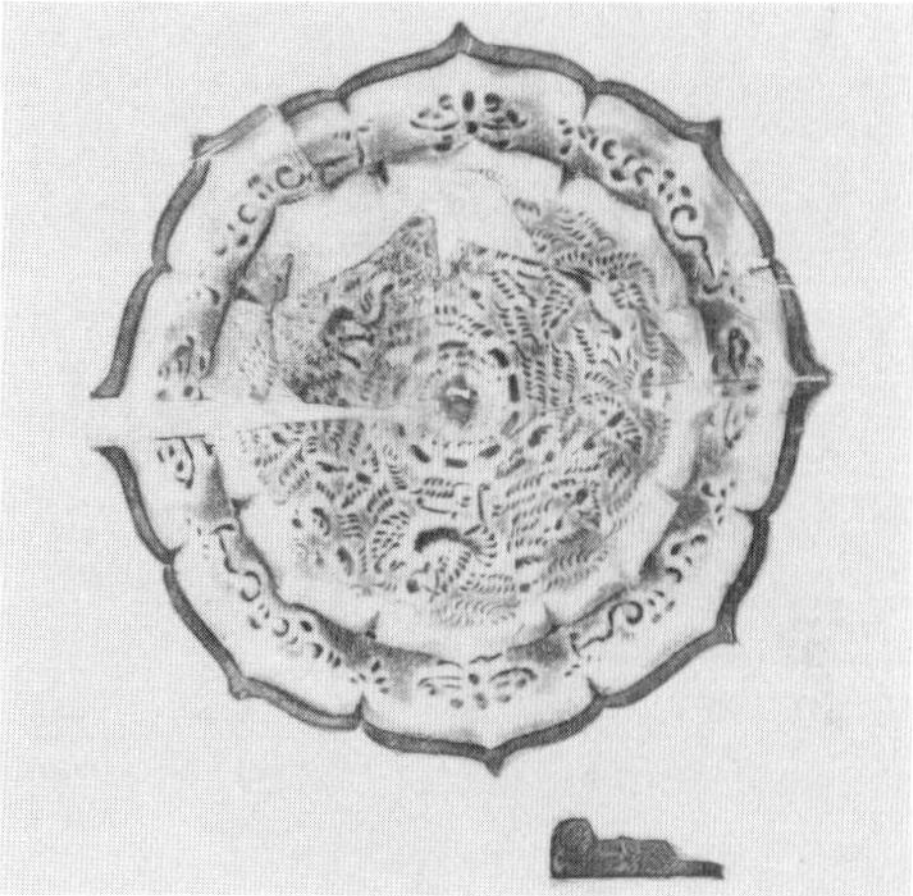

図11-2　蝶花八稜鏡（所蔵：早稲田大学図書館）

＝そよめき往ぬめり。（『枕草子』「淑景舎、東宮に」）

未の時（午後二時前後）頃に、「帝が来られる。通路に敷物のご用意」と声が上がるやいなや、衣擦《きぬず》れの音も高く帝が登華殿にお出ましになったので、中宮様もこちらの母屋《もや》のほうに入られた。そのままお二人で御帳台にお入りになったので、女房も皆そよそよと移動し、こちらは皆南側の廂《ひさし》の間《ま》に退いた。

長徳元（九九五）年二月中旬、定子がいた内裏登華殿《とうかでん》での一場面である。この一か月ほど前の正月十九日、定子の妹の原子が東宮妃となり、桐壺を与えられて後宮に住み始めた。だがまだ姉の御殿を訪っておらず、この日初めて登華殿にやって来ることになった。定子も女房たちも喜んで原子を迎え、父の道隆と母の高階貴子も交えて会食するうち、兄の内大臣伊周《これちか》とその息子松君《まつぎみ》、弟で権中納言の隆家も加わって、一家は華やいだ時間を持った。そこへ天皇がやって来て、定子を伴い同衾《どうきん》したのである。二人は未《ひつじ》の刻から日没頃までを御帳台の中で過ごした。

『枕草子』はこの場面の直前に、数え年四歳の松君を皆が可愛がるのを見て「中宮様はなぜまだご懐妊なさらないのかしら」と清少納言がじれったく思ったことを、殊更に記している。道隆はじめ中関白家一同も同じ思いであったに違いない。倉本一宏は一条天皇の行動を「定子に対する『寵愛《ちょうあい》』の深さを示す行動とも解せるが、これはむしろ、なかなか皇子を儲けられない一条の、中宮の父を前にしての精一杯のパフォーマンス、あるいは道隆の主導による公卿社会へのアピールだったのであろう」と推測する。

おそらくはそうなのだろう。時に天皇は十六歳、定子は十九歳。結婚してから既に五年が経っていたとはいえ、天皇の年齢を考えればまだ子供がいなくても不思議はない。だが実はこの時、道隆は重病をかかえ中関白家には影が兆していた。定子に皇子さえ生まれれば、一家の将来に見通しが付く。この場の誰もが切実な期待を胸に抱いていて当然だった。

ともあれ、男女のことがあるとなれば、女房たちは退いて控える。当たり前のようだが、御帳台の中の主人たちへの配慮が確認できて、ほっとする場面だ。

なお、この時一条天皇は清涼殿から弘徽殿《こきでん》を経由して登華殿までやってきたと思われ、その弘徽殿と登華殿の遺構が、京都市埋蔵文化財研究所の二〇一五年の発掘調査により発見された。内裏後宮の殿舎跡がはっきりと確認されたのは史上初のことである。登華殿の西南角の屋根から落ちる雨を受け止めた「雨落溝《あめおちみぞ》」と思われるL字型の小石列がくっきりと姿を留め、弘徽殿から登華殿に渡る切馬道《きりめどう》（渡廊）の礎石だった可能性のある石も発見された（調査報告書『平安宮内裏跡・聚楽第跡』）。一条天皇はその切馬道を渡って来たのだろう。定子と天皇に気を利かせて女房たちが移動した南廂《みなみびさし》、二人が御帳台で睦み合った母屋《もや》は、残念ながら発掘地に当たらず土中に眠ったままだが、彼らの生きた痕跡が想像できる。

辞世を託する

一条天皇の愛を一身に受けた定子は、長保二（一〇〇〇）年十二月十六日の早朝、亡くなった。享年二十四。一条天皇の第三子である媄子内親王を産んだ後の産褥死《さんじょくし》だった。

一条院の御時、皇后宮かくれたまひてのち、帳の帷《かたびら》の紐に結び付けられたる文《ふみ》を見付けたりければ、内にもご覧ぜさせよとおぼし顔に、歌三つ書き付けられたりける中に

夜もすがら　契りしことを　忘れずは　恋ひむ涙の　色ぞゆかしき（『後拾遺和歌集』「哀傷」五三六番）

一条天皇の御世に、皇后宮定子様がお隠れになったあと、御帳台の帷の紐（図11-3）に結び付けられている手紙を見つけたところ、「帝にも御覧にいれなさい」とのご遺志を窺わせるように、和歌が三首書き付けられていた、その中に、

一晩じゅう、あなたは私に愛を誓って下さいました。その約束をお忘れでなければ、私が死ねばきっと恋しがって涙を流して下さいますね。泣いて泣いて、あなたと私が好きだった漢文の言い回しのように、血の涙まで流して下さるでしょう。その色が見

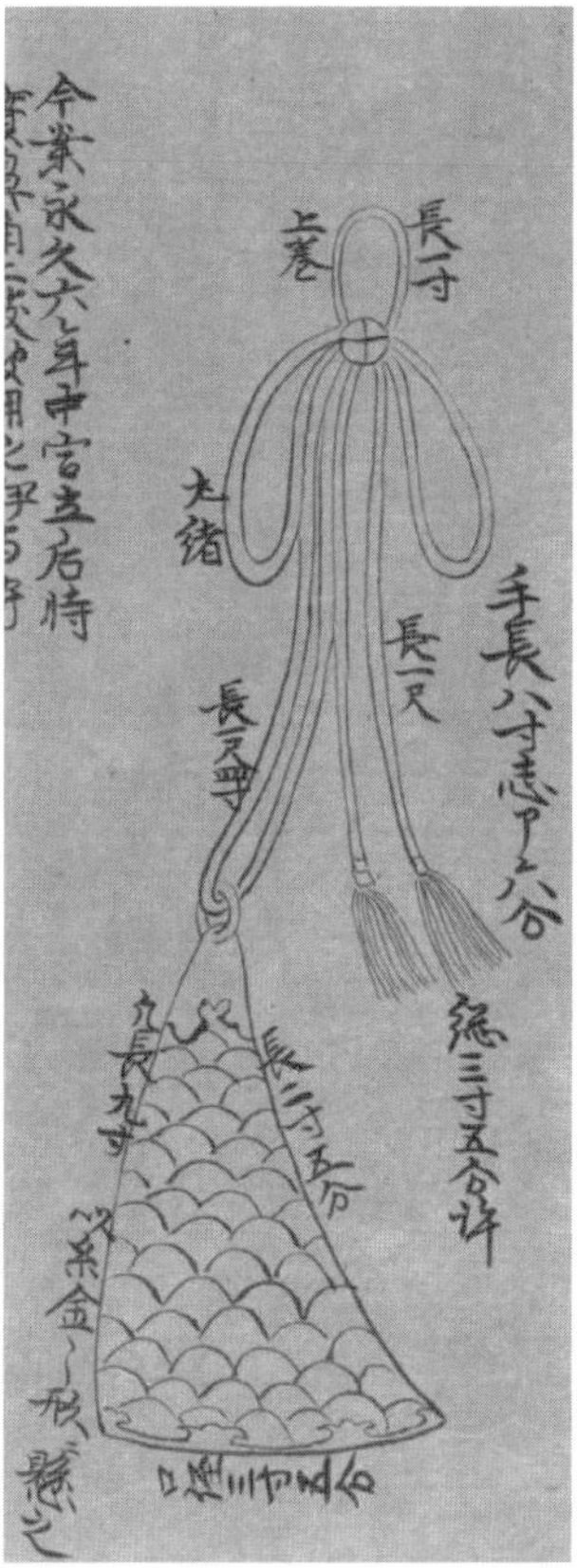

図11-3　御帳台の帷の紐（『類聚雑要集』より抜粋／所蔵：国立国会図書館）

——とうございます。

父・道隆の死後の長徳二（九九六）年、兄の伊周《これちか》と弟の隆家が起こした花山上皇暗殺未遂事件によって一家は自滅、定子は絶望のあまり出家した（長徳の政変）。これは事実上の離婚であった。だが翌年、一条天皇の愛情により身柄を中宮職《ちゅうぐうしき》の御曹司《みぞうし》に移され、復縁が示唆されると、貴族社会は「**天下甘心《かんしん》せず**（誰が甘い目で見るものか）」（『小右記』長徳三年六月二十二日）と反発した。実家の没落もさることながら、一旦出家した中宮は天皇家の行うべき神事に携われないからである。長保元（九九九）年には天皇の長男を産んだが、それでも批判はおさまらず「**尸禄素飡《しろくそさん》の臣**（働かず俸禄を費やすだけの税金泥棒）**の如し**」（『権記《ごんき》』長保二年正月二十八日）とまで非難された。

　こうした凋落のなか居所を転々とした定子が結局亡くなったのは、かつて彼女の事務方で中宮大進《だいじん》を務めた平生昌《たいらのなりまさ》宅であった。彼の家の門はみすぼらしい板門《いたもん》で、定子が前年の八月にこの家に移った時には、「高貴な乗り物の御輿が板門の家に出入りするなど聞いたことがない」（『小右記』長保元年八月十日）と人々が噂したという。ならば、最期の日々を過ごした御帳台はどんなものだったのだろうか。五年前、父が彼女のために新築した二条北宮の御帳台は、長徳の政変直後の火災によって燃えてしまっていただろう。清少納言が目を留めた獅子・狛犬も、失われていただろう。だが、どのように境遇が変わろうとも、定子は最後まで天皇の正妃（皇后・中宮）としての自負を持っていたし、朝廷も彼女の体裁は保たせていた。たとえ同じ物ではなくても、定子の御帳台の前には獅子と狛犬が置かれていたはずである。

なお、定子が御帳台の帳《とばり》の紐に辞世を結び付けたのは、『古今和歌集』に記された次の古事に倣ったものだという。

式部卿《しきぶきやう》の親王《みこ》、閑院《かんゐん》の五の皇女《みこ》に住みわたりけるを、いくばくもあらで女皇女《をんなみこ》の身まかりにける時に、かの皇女の住みける帳のかたびらの紐に文《ふみ》を結《ゆ》ひつけたりけるを取りて見れば、昔の手にてこの歌をなむ書きつけたりける

かずかずに　我を忘れぬ　ものならば　山の霞を　あはれとは見よ（『古今和歌集』「哀傷」八五七番）

式部卿の親王は閑院に住んでいた五の皇女のもとにお通いだったが、いくばくも経たず皇女はお亡くなりになった。その時、皇女のいた御帳台の帷子の紐に、文が結び付けてあった。それを取ってみると、生前の筆跡でこの歌を書き付けてあった。

あなたが私を様々に忘れないでいて下さるのなら、どうぞ山にかかる霞を見て心から偲んで下さい。私を焼いた火葬の煙と思って。

和歌の作者である閑院の五の皇女の詳細は不明である。だが、確かに和歌は御帳台の帷子の紐に結び付けられていて、定子の場合と同じである。死を覚悟しながら男の愛を信じ自分を偲んでほしいと頼む、哀切なしらべも通う。定子は『枕草子』で、『古今和歌集』の歌の上の句を自ら詠み上げ、女房たちに下の句を答えさせるなどしている（「清涼殿の丑寅の隅の」）ように、『古今和歌集』を日常的に読んでいた。この和歌のことは必ずや知っていただろう。もしこの辞世に倣ったとすれば、醍醐朝の『古今和歌集』を継ぐ村上朝を聖代と仰ぎ、一条朝の文化を盛り立てることに使命感を抱いていた定子の最期の趣向として、いかにもふさわしい。

それとともに私が思うのは、一つには御帳台という道具の、使い手との親密さである。

御帳台は、使用者の権威を示すものでありつつ、極めて私的な家具でもある。恋人との睦言も、死を恐れての涙も、御帳台は知っている。これにならば自分の最期の言葉を託せると思ったのだろう。

そしてもう一つは、御帳台は持ち主の死後、女房など使用人によって片付けられるということだ。もし辞世を家族に直接渡したならば、もちろん家族たちはそれを読むだろうが、それ以上の広がりはないかもしれない。だが女房が辞世を目にすれば、事態は変わる。貴族社会において女房とは、情報を拡散する存在だからである。実際、五の皇女の辞世は歌語りとして『古今和歌集』に載るまでに語り伝えられた。多分定子は、最期の言葉を社会に向かって発したかったのだと、私は思う。だから『古今和歌集』の手本に倣い、辞世を御帳台に託して逝ったのだと思う。結果、彼女の辞世は『後拾遺和歌集』に採られた。定子を迫害した道長寄りの作品である『栄花物語』にすら載せられた。そして現代の私たちまでが定子の遺志を知ることとなった。御帳台と女房たちは、定子の願いを正しく果たしたのである。

生きおおせた中宮

定子の死から八年を経た寛弘五（一〇〇八）年九月、一条天皇のもう一人の正妻彰子は難産の床にあった。「もう一人の正妻」と言うのは、定子の最晩年、本来は一人であるはずの正妻（皇后＝中宮）の座が分割され、定子は皇后、彰子は中宮とされたことによる。彰子の父である道長の画策による、「二后冊立《さくりつ》」であった。間もなく定子が亡くなり、異常な事態は見かけ上解消された。だが心に激しい喪失感を抱えた天皇は、后妃でもない定子の妹を寵愛し、懐妊させた挙句彼女にも死なれるなど迷走を続け、長く彰子を顧みなかった。しかしさすがに結婚から十年近くが経ち、道長が大々的に子宝祈願の御岳詣《みたけ》で（『御堂関白記』寛弘四年八月二日～十四日）をするに至っては、天皇も彼の願いを無視するわけにはいかなかったのだろう。こうして彰子は懐妊し、寛弘五年秋、初産《ういざん》の時を迎えたのである。

事は紫式部が詳細に書き留めている（『紫式部日記』）。九月九日の夜更け、出産の兆しが訪れた。十日の夜明け前、室内の家具、調度、装飾の一切は白木や白布のものに換えられた。御産の時の習いである。彰子も白い御帳台に移り、ここが分娩室となるはずだった。だが、そうならなかった。陣痛が長びく間に日付けが変わり、翌十一日は星めぐりが悪かったためである。陰陽寮によればこの日、不浄を嫌う日遊神《にちゆうしん》が人家に宿る「日遊在内」の期間が始まった。出産は出血を伴い、定子の折のように産婦が死ぬこともあって、不浄と見なされた。そのため彰子の分娩は、急遽母屋《もや》から出て廂《ひさし》の間で行われることになったのである。しかし廂には御帳台を立てられず、目隠しをしようにもあいにく御簾もかけられなかったと『紫式部日記』は言う。せめて周りを幾重もの几帳で囲い、彰子はその中に入った。暁のことである。部屋とも言えぬ分娩所には、彰子の母、生まれる子の乳母に内定している女房、産婆役の女房、そして僧が二人同室した。それから数時間、御帳台にすら護られず、彰子は激しい陣痛の時を過ごした。結局、彰子がようやく皇子を産み落としたのは九月十一日正午。実に三十六時間に及ぶ難産を乗り切ったのだった。

出産から七日目、疲労困憊して御帳台で眠る彰子の姿を、紫式部は書き留めている。

御帳のうちをのぞきまゐりたれば、かく国の親ともて騒がれ給ひ、うるはしき御けしきにも見えさせ給はず、すこしうち悩み、面やせて、おほとのごもれる御有様、常よりもあえかに、若くうつくしげなり。小さき灯炉を、御帳のうちにかけたれば、くまもなきに、いとどきし御色あひの、そこひもしらずきよらなるに、こちたき御ぐしは、

結ひてまさらせ給ふわざなりけりと思ふ。かけまくもいとさらなれば、えぞかきつづけ侍らぬ。(『紫式部日記』寛弘五年九月十七日)

御帳台の中を覗き込めば、中宮様はこのように「国の母」と騒がれるような押しも押されもしないご様子とも見受けられない。少しご気分が悪そうで、面やつれしてお休みだ。その姿はいつもより弱々しく、若く、愛らしげだ。御帳台の中にともした小さな灯りに照らされた肌色は美しく透明感を漂わせ、床姿の結髪のため髪の豊かさがいっそう目立って感じられる。あらためて口にするのも今更ですし、もう書き続けられませんこと。

紫式部は『源氏物語』を介して、彰子と特別な交流があった。彼女は知っていた。最高権力者藤原道長の娘にして今上一条天皇の中宮であるこの二十一歳の女性が、どれだけ困難な人生を歩いてきたかを。一家のために入内して皇子を産むことが、生まれながらにして彼女に与えられた使命だった。そのためにわずか十二歳という幼さで入内した。だが天皇には定子という最愛の妻がいて、彰子は道長の手前尊重されたものの、愛されることは

なかった。今回ようやく懐妊までは漕ぎつけたものの、産むのは男子でなくてはならない。天皇は道長を気遣ってとりあえず彰子を懐妊させたに過ぎず、次回の妊娠は望めるかどうかわからない。初産というだけでも不安はあったろうに、それ以上に彰子には自己存在の危機と孤独がのしかかっていた。それを隠して、彰子はしのぎ続けた。そして今や、大事をしおおせた。難産に堪え、男子を産んだのだ。

健気にも疲れ切った姿を、紫式部は母のような視線で覗き込む。御帳台は小さな灯りで彰子を包み、まるで彼女をねぎらい祝福するかのようである。

第12章

侵す

御帳台《みちょうだい》

2

共寝の男

御帳台は、身を護ってくれるばかりではない。人は時に、その安らかであるはずの場所に身を置いていても、あるいはむしろそこにいるからこそ、何かに脅かされることがある。特に物語にはそうした場面がしばしば現れ、読者たちを深い思いに誘う。この章では、そうした三つの事例を『源氏物語』から拾って考えてみたい。

最初は、若紫と光源氏の新枕《にいまくら》である。光源氏は幼い若紫を彼の二条院に引き取って以来四年間、同じ御帳台で眠りつつも、兄妹のような清らかな関係を保ってきた。だが光源氏が二十二歳、若紫が十四歳の年、八月に正妻葵の上が亡くなり、四十九日も終えると、若紫と男女の関係を持つ。

念のため断っておくが、これは幼女性愛の行為ではない。光源氏は若紫が既に「**何事もあらまほしう整ひ果てて**（どこもちゃんと成長を遂げて）」いることを確認し、「**似げなからぬ**（不適切ではない）」と判断した上で事に及んでいる。だが若紫には心の準備がなかった。彼女は思いがけなく犯されることになったが、その相手は外から侵入したのではなかった。共寝を続けてきた御帳台の内で、彼は兄から男へと変貌し、彼女を犯したのである。

いかがありけむ、人のけぢめ見たてまつり分くべき御仲にもあらぬに、男君は疾《と》く起きたまひて、女君はさらに起きたまはぬ朝《あした》あり。（『源氏物語』「葵」）

どうしたことか、周囲には二人の仲が変わったとも見て取れないのに、男君は朝早く起き出されて、女君は一向に起きて来られない朝があった。

事は、光源氏が朝早く起き出したのに若紫は全く御帳台から出てこないという対照から語り始められる。昨夜、御帳台の中で何事かが起きた。それが何事かは、『源氏物語』独特の「男君」「女君」という呼び方に明らかである。『源氏物語』は、男女の恋の場面になると、改まったように登場人物を「男」「女」の性別で呼ぶ癖があるからだ。

君は渡りたまふとて、御硯の箱を御帳の内にさし入れておはしにけり。人間《ひとま》に、からうじて頭《かしら》もたげたまへるに、ひき結びたる文《ふみ》御枕のもとにあり。何心もなくひき開《あ》けて見たまへば、

あやなくも　隔てけるかな　夜を重ね　さすがに馴れし　夜の衣を

と書きすさびたまへるやうなり。（同前）

源氏の君は、自分の部屋に戻られる時、硯箱を御帳台の中にすっと入れて行かれた。誰もいなくなり女君がやっとのことで頭をもたげると、引き結んだ手紙が枕元にある。何の気なしに取って開いて見ると、

不思議なことに、よくも契りも結ばずにやってきたことよ。数えきれぬほどの夜を共に過ごし、慣れ親しんだ二人なのに。

と、さらりと書いてあるようだった。

二条院の西の対は若紫の住まいで、光源氏の部屋は東の対だった。つまり光源氏は、毎日若紫の居室を訪い、彼女の御帳台で夜を過ごしてきたのだった。それは妻訪《つまど》いの方法と同じである。だが二人の間に性関係はなかった。そのことを、彼は和歌で「**あやなくも**（不思議なことに）」と片付けた。男女は性関係を持つことが当然なのであり、それまでのあり方は異常だったというのである。だが若紫はそれを受け入れられない。

かかる御心おはすらむとは、かけても思し寄らざりしかば、などてかう心憂かりける御心をうらなく頼もしきものに思ひきこえけむ、とあさましう思さる。（同前）

こうした下心がおありとは全く思ってもみなかったので、「なぜ、こんなに嫌らしいお心を無邪気に頼っていたのかしら」と、女君は茫然とされた。

繰り返すが、若紫の身体は十分に大人だった。だがその上で、彼女の心はまだ性愛を受け入れられなかった。そんな彼女を物語が丁寧に描いていることが重要だと、私は思う。彼女は光源氏の欲望を初めて知り、激しく嫌悪した。いわゆる「後朝《きぬぎぬ》の歌」にあたる彼の和歌に、返歌を詠もうともしなかった。昼頃再び御帳台を覗いた光源氏に対して、彼女は口も利かず、ただ夜具に埋もれ汗と涙にまみれて臥すばかりだった。

だが、それだけなのだ。若紫はこの御帳台を出て行かない。行くところがないからだ。光源氏は「**よしよし。さらに見えたてまつらじ。いと恥づかし**（よしよし。もう来ないよ。決まりが悪いな）」とすねて見せ、返歌の無いことも「**若《わか》の御ありさまや**（子供っぽいことだね）」と可愛く感じただけだった。そして三夜続けて関係を持ち、従者に餅《もち》を作らせて、二人の関係を周囲に示した。男女が固定的関係になったことを示す「三日夜の餅」の習わしである。若紫の乳母は涙を流して喜んだ。やがて光源氏は若紫の裳着《もぎ》（成人式）も執り行った。こうして結局、何事も順調であるかのように進行していくのだ。

若紫は、「葵」巻の実に巻末まで光源氏を疎み続け、彼を信頼していた過去を悔やみ、彼の顔を見ようともしない。だが、それだけなのだ。若紫はどこにも行かない。次に物語に姿を現すのは約二年後（「賢木」）。その時には、光源氏を頼るすっかりしおらしい妻になっている。その間の彼女を物語は記さない。若紫、もとい紫の上は、どのように自分の心をなだめ状況を受け入れたのか。いや、それとも受け入れなかったのだろうか。いずれにせよ、御帳台は彼女の苦悩を見ていたはずだ。

覗き込む視線

御帳台は外からの視線を遮っているようだが、何もかも遮り切れるものではない。光源氏は朧月夜《おぼろづきよ》との密会の翌朝、御帳台にとどまっていて、彼女の父に見付けられてしまった。それが引き金となって、彼は須磨・明石への流離に追い込まれる。甘い密会の現場が転落の端緒へと一変する、ロマンティック・ポリティカル・サスペンスの名場面である。

朧月夜は弘徽殿《こきでん》女御の妹で、右大臣の六女である（人物相関図）。弘徽殿は桐壺帝がまだ東宮の間に最初の妻となった人物で、帝との間に長男を産んだ。そして帝が桐壺更衣を寵愛するようになると、更衣を激しく憎んで死に追いやった。光源氏はその更衣の子であり、また元服すると対抗勢力・左大臣の娘婿とな

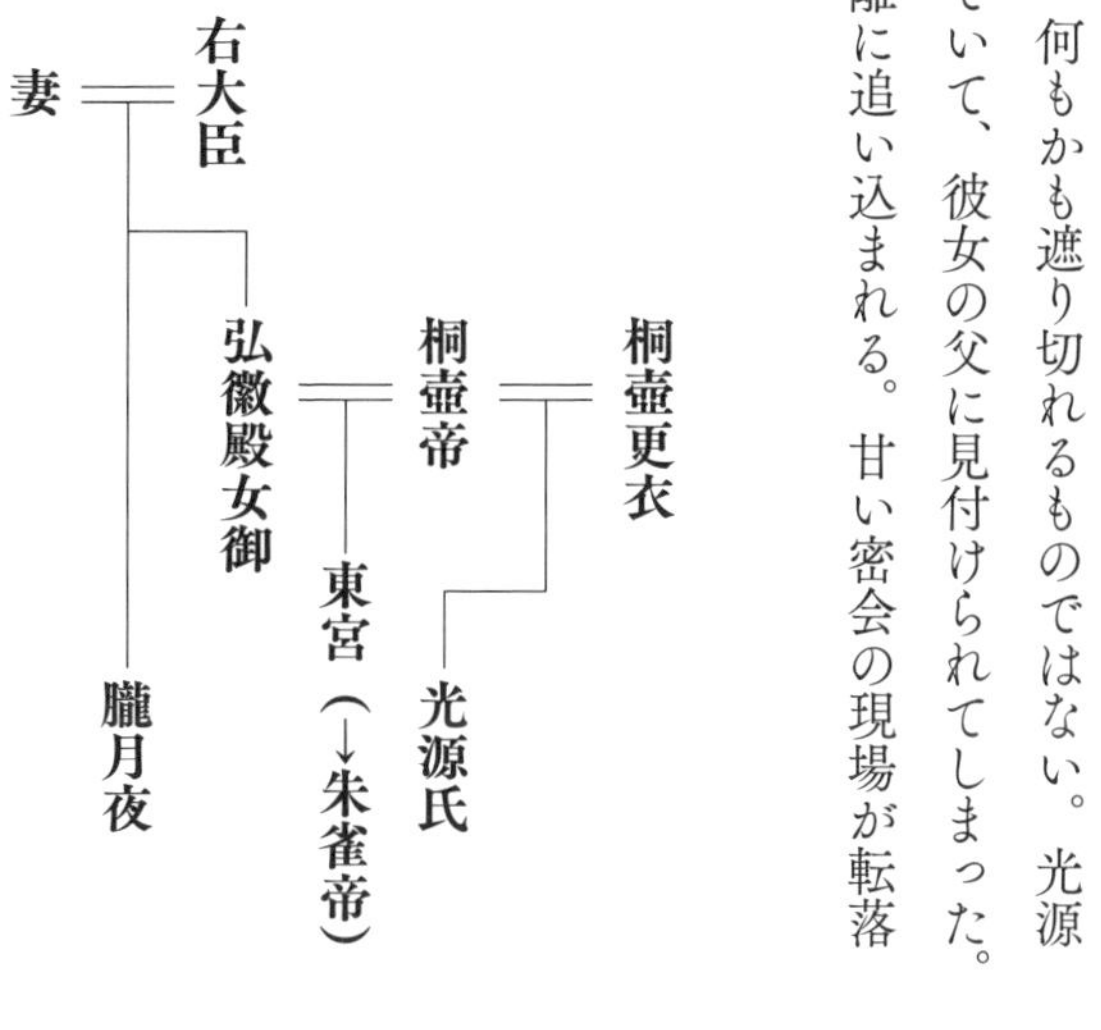

った。加えて、朧月夜はもともと弘徽殿の息子の朱雀帝に入内する予定であったが、光源氏との関係によりその道が阻まれた。これで右大臣一家の政治戦略はおおいに損なわれたので、右大臣家は光源氏を目の敵《かたき》とした。逆に言えば、こうした確執を重々わかりつつ、彼女の父の目を盗んでだらだらと密会を続けた光源氏も光源氏なのである。

朧月夜と知り合って五年、光源氏二十五歳の夏だった。父の桐壺院は既に亡く、世は兄の朱雀帝と後見の右大臣一家のものとなって、光源氏はよりいっそう彼女との危険な関係にのめり込んでいた。普段は尚侍《ないしのかみ》（女官長）として内裏にいる彼女が病で実家に戻ることになり、光源氏は連絡を取って夜な夜な彼女の部屋に通った。右大臣家には寝殿に弘徽殿大后もいて怖いのだが、そのスリルもまた恋のスパイスである。

ところが、彼女と夜を過ごしたある暁、突然の大雨と雷のために右大臣邸は大騒ぎとなり、光源氏は帰る術《すべ》を失った。やむなくそのまま御帳台に身を潜めたところへ、娘を心配した右大臣がやって来る。御簾を開ける暇ももどかしく「大丈夫か」と早口に問う声がいかにも軽薄で、光源氏は悠長にも苦笑せずにいられない。しかし慌てたのは朧月夜である。

＝尚侍《かむ》の君、いとわびしう思《おぼ》されて、やをらゐざり出でたまふに、面《おもて》のいたう赤みた

るを、なほ悩ましう思さるるにやと見たまひて、「など御気色の例ならぬ。物の怪《け》などのむつかしきを。修法《ずほふ》延べさすべかりけり」とのたまふに、薄二藍《うすふたあゐ》なる帯の御衣《おんぞ》にまつはれて引き出でられたるを見つけたまひてあやしと思すに、また畳紙《たたむがみ》の手習などしたる、御几帳のもとに落ちたりけり。（『源氏物語』「賢木」）

困った尚侍は目立たぬように御帳台から這い出たが、その頬は赤く染まっていた。まだ病が収まらないのかと見て右大臣は言った。「なぜ顔色がおかしいのだ？　物の怪が面倒だ、修法を延長させなくては」。そう言いつつ、彼の目は別の物を捉えていた。男物の薄二藍の帯が、娘の装束にまとわりついて、御帳台から一緒に出て来たのだ。怪しい。と、何かを書き付けた畳紙も、御几帳のもとに落ちているではないか。

御帳台には光源氏。父の視線をそらすべく御帳台から這い出た朧月夜。父は御簾をもたげて長押の辺りにいるが、娘の顔色を正しく見て取っているので、二人の間に視線を遮るものはないらしい。その目の端で、父は娘の装束の裾の異物を捉えた。見咎めたのはそれが男帯だったからだ。夏の直衣《のうし》に締めるものだ。右大臣の目は帯を追う。それは娘がいましがた這い出て来た御帳台から、ずるずると引き出されてきたのだ。不審に感じた彼は、目を泳がせたのだろう。そしてまた、別の物を見つけた。几帳のもとに無造作に落ちていた畳紙である。恋の和歌らしきものが書き付けられている。

間違いない、娘はこの部屋に男を連れ込んでいたのだ。右大臣は逆上した。「**かれは誰がぞ。気色《けしき》異なる物のさまかな。賜へ。それ取りて、誰がぞと見はべらむ**（それは誰のだ。どうも尋常な物ではないな。出しなさい。誰のものか見てやるから）」。右大臣の目は畳紙に集中していた。男が書いたなら、筆跡は動かぬ証拠だからだ。彼はこの時点では、まさか帯を解いた男がそのままこの部屋にとどまっていようとは想像だにしていなかったに違いない。だが、男はいた。御帳台の中のその姿を、右大臣は見てしまう。

思しもまはさずなりて、畳紙を取りたまふままに、几帳より見入れたまへるに、いといたうなよびて、慎ましからず添ひ臥したる男もあり。今ぞやをら顔ひき隠して、とかう紛らはす。あさましうめざましう心やましけれど、直面《ひたおもて》にはいかでかあらはしたまはむ。目もくるる心地すれば、この畳紙を取りて、寝殿に渡りたまひぬ。（同前）

右大臣は見境もなくなり畳紙を掴んだ。そしてそのまま几帳から覗き込むと、紙だけではない、実にしどけなく、またふてぶてしく横たわっている男もいる。今さらながら、静かに顔を隠して紛らわしている。何と、小癪な、腹が立つ。だが面と向かって正体を暴くわけにもいかぬ。目がくらくらして、右大臣はともあれこの畳紙を手に、大后のいる寝殿へと急いだ。

再び右大臣の動きと視線を確認しよう。母屋の端の御簾の位置に立っていた彼は、畳紙を見つけて逆上し、ずかずかと部屋に入り込む。そして娘の傍をすり抜け、几帳の横で体を屈め畳紙を拾う。その姿勢で几帳の綻びから覗くと、御帳台の中が見えた。御帳台は四方に帳を持つが、うち一方は出入り口として巻き上げられている。今しがた朧月夜が出てきた出入り口だ。右大臣はそこに光源氏の姿を認めた。

光源氏は、身を隠そうとすれば隠せたのかもしれない。例えば御帳台の四つの角にはそれぞれ三本ずつ柱が立っている。外側には帷子《かたびら》が下りている。その狭い空間に身を縮めれば、少しは視線から逃れられたかもしれない。だが彼は、そんな無様なことはしなかった。見られることを心積もりして、右大臣の視線を受けて立った。この無神経な人物の目に、自らの水も滴るような優男ぶりを堂々と見せつけたのである。ただ、もちろん顔は形ばかり隠した。扇で隠したか、それとも袖でか。ともあれ顔をあらわに晒すのは平安の恋に外れる。彼はあくまで恋の作法に従ったのである。

本来は目隠しのための設備である御帳台。作者はそれを逆手に取って、感情にとらわれて覗き込んでしまった右大臣の視線と、色男・光源氏のプライドを戦わせた。野暮と雅《みやび》との戦いである。光源氏は光源氏である限り、この戦いから逃げはしない。たとえ後に起きるごたごたがわかっていたとしても。

みじろぎもせず

最後は、光源氏が須磨・明石から戻り、政治家として頂点に立ち、准太上天皇という地位まで得たあとの、『源氏物語』第二部の一場面。御帳台に入ることで紫の上が隠したかったのは、自分の気配だった。また、そこから気取られてしまう思いだった。光源氏と夫婦になって十八年、彼が新しい妻を迎えた時のことである。

その妻・女三の宮は、四十歳の光源氏より二十五、六歳も若い。だが前天皇・朱雀院の鍾愛の娘で、高貴なことこの上ない。紫の上も皇族の一員式部卿の宮の娘ではあるが、隠し子であり、重々しさは彼女の足元にも及ばない。光源氏は最初の正妻葵の上の死後、先に記したように紫の上を妻とした。だがそれは内縁関係で、彼の正妻の座は空席のままだった。そして今、朱雀院に娘の後見を頼まれて、光源氏は彼女を正妻に迎えることにしたのだという。この前年、彼は上皇に准ずる位を受けた。ならばその地位に相応しい妻が欲しいということなのだろう。内々に「女性関係では満足できていないこともある」と漏らしてもいたという。

　光源氏が造った大豪邸・六条院。東南の区画「春の町」は、彼が紫の上と共に暮らす御殿だった。だが光源氏は、寝殿の西側を美しくしつらえて女三の宮を迎えた。紫の上と女三の宮との妻妾同居が始まった。紫の上はその「妾」のほうだった。

　結婚から三日間は夜離《が》れなく通うのが習わしである。紫の上は、彼女のもとから女三の宮の対《たい》に行く光源氏のために、衣に香《こう》を焚《た》きしめさせるなどかいがいしく動きつつも、時折ぼんやりしてしまう。当然だろう、心中穏やかではいられないのである。これまでさんざん彼の多情に悩まされてきたが、さすがにもう終わったと油断していた。きっと世間は面白おかしく聞くだろう。この「妻」の座は脆いものだった、今後が不安でならない。

紫の上の思いは、光源氏が行ってからも募った。だが女房たちの手前、暗い顔は見せられない。何しろ今日は光源氏にとってめでたい婚儀の日、自分は上機嫌でいるべきなのだ。だが、女房たちは口々に言った。

「思はずなる世なりや」「あまたものしたまふやうなれど、いづ方も、皆、こなたの御けはひには、方避り憚るさまにて過ぐしたまへばこそ、事なくなだらかにもあれ」「押し立ちて、かばかりなるありさまに、消《け》たれてもえ過ぐしたまはじ」「また、さりとて、はかなきことにつけてもやすからぬことのあらむ折々、必ずわづらはしきことども出で来なむかし」（『源氏物語』「若菜上」）

「思いがけない事態になりましたこと」「奥様はあまたいらっしゃるけれど、皆紫の上様に一目置いてこられたからこそ、何事もなくやってこられたのに」「内親王だからって偉そうなこと。紫の上様だって見下されてばかりいられませんわ」「だからといって、ちょっとしたことでもいざこざが起きたら、必ず難儀なことが持ち上がるわよ」。

溜め息がちな、紫の上に同情する口調ではあったが、紫の上は聞こえないふりを装った。彼女たちの中には、光源氏の召人《めしうど》もいる。使用人の立場ながら主人と体の関係のある女房だ。紫の上は妻で、彼女たちは妻以下だ。だが今、この状態をどう思って見ているのか。内心ではいいきみだとあざ笑っているのではないか。女房たちに心の内は決して漏らせない。どんなに同情されようとも、紫の上は孤独なのだ。その思いは御帳台の中に入っても追いかけてくる。

あまり久しき宵居《よひゐ》も例ならず、人や咎めむ、と心の鬼に思《おぼ》して入《い》りたまひぬれば、御衾《ふすま》まゐりぬれど、げにかたはらさびしき夜な夜な経にけるも、なほただならぬ心地すれど。（同前）

あまり夜更かしするのも普段と違うことだし、女房たちから変に思われるかもしれない。疑心暗鬼になって、紫の上は寝所に入った。女房に夜具を掛けられたが、隣にぽっかりとあいた空間が寂しくてならない。こうしてもう三夜が過ぎてしまったと、

――心が騒ぐ。

例えば中務《なかつかさ》や中将という女房は、以前は光源氏の召人だったが、彼の須磨蟄居《ちっきょ》を機会に紫の上付きに転じた。もうすっかり紫の上に心を寄せた風ではあるが、紫の上が女三の宮に対して謙虚な態度をとると「ご配慮が過ぎるわよねえ」と目くばせを交わしていた。女房たちだけではない、花散里や明石の御方など、同じ六条院に住む光源氏の別の妻たちからも見舞いがあった。「お気持ちいかがでしょう」「さほど愛されていない私どもは、むしろ楽ですけれど」。その言葉の一つ一つが胸を刺す。築き上げたと思っていたものは、こんなに脆かったのか。でも、悩んでばかりいても仕方がない。そう思って御帳台に入ったのだ。

今、紫の上のすがれるものは、光源氏との思い出だけだった。

かの須磨の御別れの折などを思し出づれば、今はとかけ離れたまひても、ただ同じ世の中《うち》に聞きたてまつらましかばと、わが身までのことはうち置き、あたらしく悲しかりしありさまぞかし、さてその紛れに、我も人も命たへずなりなましかば、言ふ効《かひ》

＝あらまし世かは、と思《おぼ》し直す。（同前）

紫の上は、光源氏が須磨に落ち、二人が離れ離れに過ごした折を思い出した。あの時は、今生の別れと思っても、ただ同じ空の下で生きているとさえ聞けば、それだけでよかった。自分のことはどうでもいい、あの人が大切で、いとおしかった。あの時あのまま、騒ぎに紛れて私も彼も死んでいたなら、元も子もなかった。生きていたればこその人生ではないか。

そうだ、あの遠い別居の辛さも乗り切って、私は立派に生きている。彼も生きている。だから、それでいい。それだけでいいではないか。紫の上は懸命に自分を鼓舞しようとするが、目が冴えて眠れない。

＝風うち吹きたる夜のけはひ冷ややかにて、ふとも寝入られたまはぬを、近く候ふ人々あやしとや聞かむと、うちも身じろきたまはぬも、なほいと苦しげなり。（同前）

風の吹く夜の気配は冷ややかで、すぐに眠りに落ちることができない。その様子を近くに控える女房たちが聞きつけておかしいと思うに違いない。そう思うと身じろぎもできない。御帳台にいながら、紫の上はなおのこと苦しげだった。

静かに休むための御帳台だが、一人寝は固く冷たく広い。まして周囲を、味方のような敵のような目と耳に囲まれているとなれば。息一つつく様子も気取られたくない、身も心も休まらない。この場面を読むと、まるで紫の上を取り囲む御帳台の帳がすべて消えて、彼女はひとり頼りなく暗い空間にぽっかりと浮いているような気がする。

この孤絶こそが、紫の上の人生だった。そしてまたこの時も、この御帳台以外に、紫の上には行き場がない。彼女はただここで生きるしかないのである。

第13章

あおぐ

扇《おうぎ》

1

振ることの呪力

いってらっしゃい、と手を振り、また会ったね、と手を振る。別れの時も再会の時も私たちは手を振る。手だけではない。「汽車の窓からハンケチ振れば、牧場の乙女が花束なげる」（丘灯至夫作詞「高原列車は行く」）。「あの子がふっていた真赤なスカーフ、誰のためだと思っているか」（阿久悠作詞「真赤なスカーフ」）。私たちは盛んにひらひらと何かを振る。なぜだろう。

振ると言えば『古事記』の世界では、オホアナムヂノミコト（のちの大国主神《おおくにぬしのみこと》）が「ひれ」という布を振っている。彼は相思相愛のスセリビメからそれをもらった。そして彼女の父であるスサノヲノミコトによって蛇の室に入れられた時、ひれを振って蛇を撃退した。ムカデと蜂の室に入れられた時も、無事に脱出できた。ひれは女性が首や肩にかけた装飾用の細長い布だが、これを振れば呪力が発揮され、邪を排除したり害虫を駆除したり、果ては天災から逃れることができると古代社会では考えられたのだという。

振ることは揺さぶることでもある。魂が揺さぶられると、人は活力を増す。これを「たまふり（魂振り）」という。古代の考え方では、何かをひらひらと振ることは、魂の活動を奮い立たせ邪気を払う行為だった。そこで人々は誰かのために何かを振って、相手の幸せを祈ったのだという。それが現代にまで続いて、私たちは手を振る。そして、扇も同じだった。扇は煽《あお》ぐもの。そのひらひらさせる動作は魂振りの一種と見なされた。そのため平安時代、扇はしばしば心遣いの進物として贈り交わされた。宮廷の節会《せちえ》の後の宴で配られたり、遠方へと赴く誰かへの餞別とされたり。平安びとは、相手の幸せを願って扇をやり取りしたのだった（南波浩「平安朝文学における『扇』をめぐる問題」）。

扇のいろいろ

扇は日本の発明品である。扇と似たものに団扇《うちわ》があるが、こちらは大陸由来の道具だ。円形や四角形などの平たい紙に柄《え》を付けた団扇は、主に夏に涼をとるための持ち物で、奈良時代の漢詩集『懐風藻《かいふうそう》』や『万葉集』に「扇」と見えるのは、この団扇をさす。柄を長くして儀式などに用いたものは「翳《さしば》」といい、貴人などにさしかける形で使った。

一方、開閉のできる扇は日本で発明された。遺物の存在から、平安時代前期の九世紀頃には既にあったと考えられている。笏《しゃく》や木簡《もっかん》がもとになったのだろう、薄板を重ね端に近い一か所を固定して、そこを要として開閉できるようにした。これが「檜扇《ひおうぎ》」で、素材は檜《ひのき》または杉である。一方、布や紙製の物は「蝙蝠扇《かわほりおうぎ》」と呼ばれ、檜扇の後に登場した。名前がユニークだが、開いた形が翼を広げた蝙蝠に似ているからとも、単に「紙張り」がなまったものとも諸説ある。竹や木やクジラの髭《ひげ》などを骨として絹や紙を張り、閉じる時には面の部分を順に折り畳む。いずれもコンパクトへの志向と折り紙の発想が合体した、つくづく日本らしい発明品である。

こうした扇は、ただ貴族層だけの高価な持ち物だったかといえば、そうではない。平安時代末期の十二世紀に制作されたと思われる絵巻物『年中行事絵巻《ねんじゅうぎょうじえまき》』には当時の人々がリアルに描かれており、中には行事の参加者や見物人などで扇を持っている人々を見つけることができるが、彼らは必ずしも貴族ではない。例えば「闘鶏」の一図には、庶民たちが鶏を神社に持ち寄って闘わせた遊びの様子が描かれている。鶏を取り巻き、地べたに輪になって座り込んだ観戦者たちは、身なりは貧しく行儀作法も悪く、まず貴族ではない。そんな彼らの中に、何やら口論中らしい二人がいて、よく見ると一人は閉じた扇を手に持っている（図13－1）。相手を指して「お前が悪い」と言っているようだ。このように扇を手の延長として指したり示したりする人物は、別画面の貴族邸内での闘鶏の図にも見受けられる（図13－2）。身分階級を問わず、扇をコミュニケーションの小道具に使っていたのだ。また、庶民の闘鶏の見物人の中には、赤い扇や白い扇をかざしつつ観戦する者たちも見て取れる（図13－3）。同じような仕草を、貴族の邸内で出番前の鶏を世話する男も行っている（図13－4）。日差し除けか。それとも、勝負の行方が直視できないので骨の間から見たか。あるいは何か神頼みの仕草か。この絵巻では、尼でも稚児でも扇を手にした者たちがいる（図13－5）。もちろん貴族で寝殿に坐した男たちも、渡殿の女房たちも、扇を使っている（図13－6・7）。このように、扇は貴賤・僧俗を問わず老若男女

図13-2　『年中行事絵巻』「闘鶏」

図13-1　『年中行事絵巻』「闘鶏」
（部分／所蔵：国立国会図書館／以下同）

が持ち歩く、最も身近な日用品だった。

『枕草子』の煽ぐ男たち

扇は、名前が「あふぎ」、つまり「煽《あお》ぐ」ことからきているように、基本的にはやはり煽ぐためのものだ。だが現代でも、扇子をばたばたと使う仕草は慌ただしく、およそ上品とは言えない。『枕草子』にはそのように扇を使う男たちが活写されている。その様子を紹介しよう。

まずは、清少納言が男の理想の朝帰り姿を想像した「暁に帰らむ人は」から。ただし扇を使う男は、理想ではなく現実のほうだ。逢瀬の一夜を女と共に過ごした後、理想の中では、男はしぶしぶ目を覚まし別れを嘆きながら出て行く。そのロマンに満ちた幻想を記した後、清少納言は現実を描く。こちらの男は、ロマンティックにぐずぐず嘆いた

図13-3 『年中行事絵巻』「闘鶏」

図13-4 『年中行事絵巻』「闘鶏」

りしない。というのも、他の女のことを思い出して、ぱっちり目を覚ますのだ。

男は既に心ここにあらずだ。早く行かなくては。ふらふら立ち上がると身支度を始める。暗がりの中で指貫《さしぬき》（ズボン）を履きごそごそと紐を結び、上着を羽織ってきゅっと帯を結び、烏帽子《えぼし》をしっかりかぶる。一連の衣《きぬ》ずれの音を、女は横たわりながら聞いている。暗がりでも音の気ぜわしさは十分に伝わる。それは一刻も早く別の女のもとに行きたい男の心の忙しさなのだ。

> 扇、畳紙《たたうがみ》など昨夜《よべ》枕上《まくらがみ》に置きしかど、おのづから引かれ散りにけるをもとむるに、暗ければ、いかでかは見えむ。「いづらいづら」と、たたきわたし見出でて、扇ふたふたと使ひ、懐紙《ふところがみ》さし入れて、「まかりなむ」とばかりこそ言ふらめ。（『枕草子』「暁に帰らむ人は」）

図13-5 『年中行事絵巻』「闘鶏」

図13-6 『年中行事絵巻』「闘鶏」

扇、畳紙など昨夜枕上に置いたけれど自然に散り散りになってしまったものを探すのだけれど、暗いから見えるものですか。「どこだどこだ」とそこらじゅう叩いて探し当てると、その扇をぱたぱたと使い、懐紙は胸元にさし入れて、別れ際に言うのはただ「失礼するよ」だけのようね。

扇や紙など、散らばる品々は夕べの逢瀬の名残をとどめてエロティックだが、男はあっさりしたものだ。辺りを叩くうち暑くなったからだろう、扇を探りあてるや開いて煽ぐ。「ふたふた」というあくせくした動きには、もはやロマンは皆無。闇の中でもそれは明らかなのだ。「じゃ、失礼」と一言だけかけて去るあたりも含め、細かい観察は『枕草子』の真骨頂だ。

次は、「にくきもの」から。清少納言は、例えば次のようなことを「憎たらしい」と感じていた。

図13-7　『年中行事絵巻』「闘鶏」

火桶《ひをけ》の火、炭櫃《すびつ》などに手のうらうち返しうち返し、押しのべなどして、あぶりをる者。いつ若やかなる人など、さはしたりし。老いばみたる者こそ、火桶のはたに足をさへもたげて、物言ふままに押しすりなどはすらめ。さやうの者は、人のもとに来て、ゐむとする所を、まづ扇してこなたかなたあふぎちらして塵《ちり》掃き捨て、ゐも定まらずひろめきて、狩衣《かりぎぬ》の前、まき入れてもゐるべし。かかる事は、いふかひなき者のきはにやと思へど、すこしよろしき者の、式部の大夫などいひしが、せしなり。（『枕草子』「にくきもの」）

火桶の火や炭櫃などに、手のひらをひっくり返しひっくり返し、さすり伸ばしたりしてあぶっている者。若々しい人が一体いつそんなことをしたものですか。年寄じみた者よ。火桶の端に足までのっけて、話しながらこすり合わせたり。そんな人って、人の所に来たら、まず座る場所を扇であっちこっち煽ぎ散らして塵を掃き捨て、座ってもじっとしないでばたばたして、前に広げておくべき狩衣の前垂れも股の間に巻き込んで座るのよね。こんな無作法な振舞いは、どうしようもない身分の者かと思えば、

――そう悪くもない者で、式部の大夫とかいった人がしたことなのよ。

ここで清少納言があげつらうのは、寒がる年寄の無作法さだ。暖を取る手の仕草、足を火鉢に乗せて擦り合わせる様子など、細部への観察眼はここでも見事だ。体温の高い若者はこんなにみっともないことはしないが、高齢者は冷えがきついから、暖を貪るような仕草になってしまうのだ。だが清少納言は許さない。彼女が嫌なのは、自分の欲望を優先して周りの不快を顧みない、彼の傍若無人な態度なのだ。扇を使うこともそうだ。人の家に通されて、腰を下ろす前にばたばたとその場を煽ぎ、塵を払い飛ばすとようやく座る。落ち着かないことこのうえない。同席の人に塵がかかっても構わないのか。なお、当人が塵を扇で払うのは、もちろん手を使いたくないためである。塵があっても我慢して座るとか、こっそり指先でつまんで懐紙に包むとか、そんな配慮があるべきなのに。優雅でないことこのうえない。

紙を煽ぎ返した理由

『枕草子』からもう一つ。やはり手に取りたくないものを扇で煽ぎ飛ばした男の話だ。彼の名は橘則光《たちばなのりみつ》、清少納言の元夫である。彼は清少納言が渡そうとしたあるものを、どうしても受け取りたくなかった。受け取れば見ないわけにはいかないからだ。そして彼が見たくなかったものとは、和歌だった。

「歌よませ給へるか。さらに見侍らじ」とて、あふぎ返して逃げて往《い》ぬ。(『枕草子』「里にまかでたるに」)

──「和歌をお詠みか？　絶対見ないぞ」と言って、則光はその紙を扇で煽ぎ返して逃げて行ってしまった。

二人は十代で結婚し、短期間で別れた。だが年を経て、清少納言の出仕とともに二人は宮中で再会し、気の置けない兄妹のような関係になっていた。しかしある時、清少納言が彼に和歌を書いて渡そうとすると、彼はその紙を扇で吹き返して逃げ去ったのだ。

これだけなら、則光は見るのもいやなほど和歌が嫌いな無粋な人物だったというだけの話になってしまうだろう。だが、そこには深い訳があった。

説明しよう。この時、清少納言は世間から身を隠していた。政治のごたごたに巻き込まれたものと思しい。その折、居場所を明かしていた数少ない男性のうちの一人が、気を許していたこの元夫、則光だった。一方、則光の私的な上司・藤原斉信《ただのぶ》には隠していた。斉信はしきりに清少納言の居場所を知りたがり「お前なら知らぬことはあるまい」と則光に聞く。根が正直者の則光は口を割りそうになり、咄嗟《とっさ》にそこにあったワカメを口に詰め込んで、答えないでその場を乗り切った。実に愛すべき人物なのである。だが後日、清少納言のもとに則光から文があり、上司からまたも迫られているという。清少納言は暗号としてワカメの切れ端を送った。「この前のワカメの時のように、また頼むわ」と言うことだ。ところが則光はワカメのことなどすっかり忘れていて、見ても何のことかわからない。自分が女に恩を売った一件を忘れる、実に太っ腹な人物でもあるのである。則光は人柄にもなく、上司を騙して何とか乗り切った。

そして後日。これが扇の場面である。則光がやって来て、上司の件を報告し「あのワカメは何だ？」と聞いた時、清少納言は紙に和歌を書いて彼に差し出した。

かづきする　あまのすみかを　そことだに　ゆめいふなとや　めを食はせけむ（同前）

潜水する海藻漁師よろしく隠れ家に潜伏する私の居場所を、絶対に「どこそこ」だと明かさないで。そういう意味で、例のワカメを今回もあなたに食べさせようとしたんじゃないの。

この和歌は、悪くない。「かづき」「あま」「そこ（底）」「め（ワカメ）」と一連の漁関係の縁語を盛り込んだ、工夫された一首だ。だが彼は、和歌かと見て取るや、手にするのもいやがって煽ぎ返し、逃げ去ったのだ。まるで忌まわしい物でも見せられたかのようだ。なぜか。清少納言の記すところでは、則光は和歌が大嫌いだった。常日頃から「俺を好きなら和歌なんか詠んで寄越すなよ。そんな奴は仇敵と見なす」「和歌を詠むなら、本当に絶交だという時にしろ」と言っていたという。だが清少納言は本気にしていなかったのだろう、和歌を詠んでしまったということなのである。

二人がかつて離婚したのも、原因はこうした性格の不一致かもしれない。とことん清少納言を守ってくれる彼だが、風流を好まなかった。一方清少納言は、ややもすれば暗号でのコミュニケーションや和歌など風流事が口をついてしまうタイプだ。

だがこの場面、実は単なる仲たがいだけの光景ではない。実は扇を使ったことに、彼の清少納言への思いが表れている。日頃の言葉に従えば、彼は清少納言からの和歌を受け取ってしまったが最後、彼女と絶交しなくてはならない。だが彼は、別れたくなかった。だから受け取らなかった。和歌を和歌とも見ないですませたかったのだ。それが、彼が扇で紙を煽ぎ返した理由だったと、私は思う。清少納言はやはりこの優しい男に心から愛されていたのだ。

第14章

託す

扇《おうぎ》 2

不吉？ 扇のプレゼント

扇は平安時代、しばしば贈答品とされた。ところが『大和物語』には、扇をプレゼントすることは不吉だという和歌が記されている。一体どういうことなのだろう。

発端は、藤原定方《さだかた》（八七三〜九三二）が扇を忘れたことであった。定方は『源氏物語』の作者・紫式部の曾祖父にあたり、やがては右大臣に至る人物である。まだ三十代半ばで中将という颯爽とした官職にあった頃、賀茂祭の勅使を務めることになったが、当日になって扇を忘れた。陰暦四月、現在の初夏という日差しも暑い時期である。困った彼は、かつての恋人で今はとうに別れた女性に「**ひとつ給へ**（一つ下さい）」と文を送った。彼女のセンスの良さを覚えていたからである。果たして彼女からは素晴らしい扇が届いたが、ふと裏を返してみると、端に和歌が書かれていた。

ゆゆしとて　忌むとも今は　甲斐もあらじ　憂きをばこれに　思ひ寄せてむ（『大和物語』第九十一段）

扇をお贈りするのは不吉だと厭っても、今は甲斐もありますまい。つらさはこの扇に託して、お贈りいたしましょう。

男女の間で扇を贈ると不仲になると、世間では忌み嫌う。だが私とあなたは既に別れているので、今更縁起を担いでも甲斐がない。だから悲しい思いも込めて扇を贈ると、女は言うのである。とっくに別れた自分に困った時だけ頼ろうという男への、苦笑いである。実はこれは中国の故事に拠っており、それは扇ではなく「団扇《うちわ》」にまつわる。前漢の女性文人・班婕妤《はんしょうよ》は成帝の女官だったが、帝の寵愛が別の女官に移ったため、悲しみを漢詩に詠んだ。その中で我が身を団扇に喩え、時が過ぎれば捨てられる運命を嘆いた。

常に恐る　秋節至り　涼風炎熱を奪うを
篋笥《けふし》の中に棄捐され　恩情中道にして絶えん（『文選』巻二十七「怨歌行」より）

いつも恐かった　秋になって涼しい風が暑さを消すのが
私は箱に片付けられ　あなたの愛もおしまいだもの

この詩「怨歌行」は偽作とも言われているが、平安貴族にはよく知られていた。漢詩では団扇を「扇」と書き表したので、団扇にまつわる哀れな故事が「扇」として広まったという訳である。この知識をもとにして男女間での扇の贈答を「忌まわしい」と詠む和歌は他にもある（『後撰和歌集』恋五・九三四など）。『文選』のような中国古典を和歌に盛り込むことは、教養高く雅やかな行為だった。

とはいえ扇は、冒頭に記したとおり、むしろ贈答の好適品だった。労《ねぎら》いの品として朝廷から官人に下賜されたり、旅立つ人に餞別として贈られたり。相手の邪気を払い元気を奮わせる力を恃《たの》んでのことであったとは、前に記したとおりである。

扇に書く言葉

ところで『大和物語』の女は、定方に扇を貸しただけでなく、扇面に和歌を書き付けていた。このように扇面に文字を書き付けることは、しばしばあった。扇には一種のコミュニケーションツールとしての機能があったと言えそうである。『紫式部日記』の中には、扇に漢詩や和歌の文字を書き付けて張り合う女房たちが登場する。主人の中宮彰子が皇子を出産し祝賀の「産養」が執り行われるなか、女房たちにとっては扇のみならず扇面の文字も重要な小道具だったのである。

扇など、みめには、おどろおどろしくかかやかさで、よしなからぬさまにしたり。心ばへある本文うち書きなどして、言ひ合はせたるやうなるも、心々と思ひしかども、よはひのほど、おなじまちのはをかしと見交はしたり。人の心の思ひおくれぬけしきぞあらはに見えける。(『紫式部日記』寛弘五年九月十一～十二日)

―扇などは、一見ごてごてと飾り立てないで、なんとなく風情が漂う感じにしている。

なかでも漢詩や和歌の気の利いた一節を書き流したりするのは、まるで申し合わせたようだ。書く言葉はさすがに思い思いなのだが、同年代の同僚のものは素敵に思え、互いに見かわしている。女房の心遣いの、いずれ劣らぬ様子がはっきりと見て取れる。

出産時の習わしで、女房たちの装束は八日目までは白一色だった。扇も白いものですっきり整えたが、趣向で扇面に文字を書き付けた者が何人もいた。それぞれの言葉に皇子誕生への祝意が汲み取れ、女房たちは互いに意識し合う。選んだ言葉は自らの教養と勤務先への忠誠心のあらわれだからだ。

　この女房たちの扇の文字は、不特定多数の人に向けて自己アピールする、言わば看板のようなものである。現代の棋士が扇子に記す「揮毫《きごう》」と似ている。平安女性でも女房は人前に出る職業なのでこうした扇が役に立つのである。『源氏物語』に登場する色好みの老女官・源典侍《げんのないしのすけ》は、扇の端に「**森の下草老いぬれば**（もう年なので、どなたも相手にして下さらないわ）」と『古今和歌集』の古歌を書いていた（「紅葉賀」）。濃い赤地に金泥で森の絵を描いた派手な扇である。それが若い光源氏の目に留まって、不似合いな恋のやり取りに発展する。

　和泉式部が扇に書き付けた一首も、彼女の看板めいた傑作である。事情は複雑だがかいつまんで説明しよう。ある女房がたまたま和泉式部の扇を取って持っていた。すると藤原道長が見とがめて「誰の扇だ」と問うた。女房が「和泉の」と答えると、道長はその扇を奪い「浮かれ女《め》の扇」と書き付けた。「浮かれ女」は遊び女のことであり、恋多き女とされる和泉式部を道長がそのように揶揄《やゆ》したのである。さて、扇は和泉式部のもとに帰り、彼女は道長の文字を見て、傍らに和歌を書いた。

越えもせむ　越さずもあらん　逢坂の　関守ならぬ　人なとがめそ（『和泉式部集』二二六）

私は殿方と一線を越えもするでしょう、越さないこともあるでしょう。でもそれは私の勝手。私の逢瀬の管理人でもない方が、とがめだてしないで下さいな。それとも殿は、私の管理人になろうとでもおっしゃるのかしら？

道長が和泉式部を「浮かれ女」とからかったのは、「誰でも相手にする女」というかなりきわどい冗談だ。現代ならばパワハラに他ならない。もちろんそこには「私とも付き合わないか？」という底意もあるので、立派なセクハラでもある。和泉式部はそれに屈せず「男と付き合うのは私の勝手。口出ししないで」と言ってのけた。黙って引き下がる〈弁《わきま》えのある女〉ではなかったのだ。しかしそこには、道長の底意に答える「殿は私の恋の関守になろうというおつもり？　なら、受けて立ちますわ」という裏の意もある。和泉式部はこの和歌を書き付けた扇を、人前で披露し、おそらくは道長の前で開いて見せたに違いない。道長は笑っただろう。和泉式部も笑い返しただろう。道長も道長なら和泉式部も和泉式部。最強の権力者と権力を超えた女の、大人のやり取りである。

夕顔の扇

『源氏物語』で扇と言えば、やはり「夕顔」巻のそれだろう。光源氏がまだ十七歳の時、夕顔の咲く家の女から受け取った扇がきっかけとなって、彼は恋に落ちた。その扇にも、やはり和歌が書き付けられていた。

彼がこの扇を受け取ったのは、帝の御子という貴顕《きけん》である彼が普段は滅多に訪れることのない五条界隈の庶民街だった。乳母の病気見舞いにやって来たのだが、門の開くのを待つ間に、傍らの家に咲く白い花が目に留まった。セレブの彼はそのはかない花を知らず、供人に名を問うて一房折るように命じた。すると家の中から可愛い女童《めのわらわ》が出て来て、扇を差し出したのである。

黄なる生絹《すずし》の単袴《ひとへばかま》長く着なしたる童《わらは》のをかしげなる出で来て、うち招く。白き扇のいたう焦がしたるを、「これに置きて参らせよ、枝も情けなげなめる花を」とて取らせたれば（『源氏物語』「夕顔」）

黄色い生絹の単袴を丈長に着こなした可愛らしい女童が出て来て、供人《ともびと》を招く。そしてたいそう芳しく香の焚き染められた白い扇を差し出すと「この扇に置いて差し上げて下さい。枝も頼りなさそうな花ですから」と言って供人に渡した。

ちょうどその時乳母宅の門が開いたので、光源氏が扇をじっくり見たのは見舞いを終えた後だった。持ち主の移り香もゆかしい扇面には、こうあった。

心当てに　それかとぞ見る　白露の　光添へたる　夕顔の花

そこはかとなく書き紛らはしたるも、あてはかにゆゑづきたれば、いと思ひのほかにをかしうおぼえたまふ。（同前）

当て推量ですが、あなた様がお尋ねになったのは、今御覧の扇の歌に書いたその名のことかと存じます。白露の光が加わって——あなた様に見られていっそう白く輝く、「夕顔の花」という名のことかと。

そこはかとなく控えめな筆跡で書かれているのも上品で教養が思いやられ、源氏の君は思いがけずおしゃれだとお感じになる。

この和歌には長い間誤った解釈が行われてきたが、近年ようやく正しい解釈に収まった。清水婦久子『光源氏と夕顔』（新典社、二〇〇八年）が明快に説いている。結論から言うと、和歌は右のように「この花の名は『夕顔』です」と教えるだけのものであった。光源氏がこの直前、花の名前を問うて「をちかた人にもの申す」とつぶやいたことへの答えである「をちかた人に」とは、『古今和歌集』の旋頭歌《せどうか》「**うちわたす　遠方人《をちかた》に　もの申す　我その**

そこに　白く咲けるは　なにの花ぞも（ずっと向こうの方にお聞きしますよ、私は。そちらに白く咲いているのは何の花ですか）」（『古今和歌集』「雑体」一〇〇七　よみ人知らず）の一節である。家中《かちゅう》の女にはそれが聞こえていた。それで彼女は、自分をこの「をちかた人」に見なし、光源氏に花の名を問われた趣向で答えたのだ。

加えて扇の和歌は、「心当てに」で始まり白露と花を詠んでいて、やはり『古今和歌集』の一首で小倉百人一首でもおなじみの「**心あてに　折らばや折らむ　初霜の　置き惑はせる　白菊の花**（『古今和歌集』「秋下」二七七　凡河内躬恒）」を本歌とする。二重に『古今和歌集』を取り入れた教養の高さは光源氏の予想だにしなかったもので、彼は扇の主にときめきを感じたのである。

しかし、十八世紀末に本居宣長《もとおりのりなが》が『玉の小櫛《おぐし》』でこの和歌について唱えた異説は、読者をおおいに混迷させることになった。彼は和歌の「夕顔の花」を、光源氏の素晴らしさを喩えたものだと説いたのである。すると、歌意は「当て推量ながら、源氏の君かと存じます、白露の光にひとしお美しい夕顔の花、光輝く夕方のお顔は（新潮日本古典集成『源氏物語一』頭注）」などとなる。これでは、扇の主は家中から通りを見ていて、停まった牛車の中の人に「光源氏様ですよね？」と言ったことになる。物語ではこの扇と和歌をきっかけに光源氏と女との恋が始まったのだから、彼女は女性の側から声をかけて光源氏を誘った、つまり「逆ナン」したことになる。物語には内気だと書かれているのに、結構したたかな女ではないか。この驚きと意外性が、やがて彼女は家から外の男性を物色していたとか、実は娼婦であったとかいう説にまで発展した。物語の登場人物についていろいろ空想するのは楽しいが、これは出発点が間違っている。和歌を正しく理解していれば、こうした突飛な人物像が想像されることもなかっただろう。

夕顔の女は、光源氏との恋など想定していなかった。ただ、通りかかった人物が持ちにくい夕顔の花を所望したので扇を用意し、花の名を聞くふうだったのでそれを伝える和歌を記しただけだ。その心遣い、また教養ある和歌にこそ、彼女の細やかで知的な人柄が覗いている。それは従来の彼女に対する、か弱くセクシーなだけの女という評価とはかなり違う。むしろ光源氏をとらえたのは、彼女が庶民街に身を落としても捨て得なかった優しさと雅ではなかったか。そう想像すると、夕顔の物語はひとしお奥深く、哀しいものになる。

餞別の中の本音

最後は『枕草子』から。中宮定子が日向《ひゅうが》に赴く乳母に贈った、餞別の扇である。これにも和歌が書き付けられていた。

御乳母《めのと》の大輔《たいふ》の命婦《みやうぶ》、日向へくだるに、給はする扇どもの中に、片つ方は日いとうららかにさしたる田舎の館などおほくして、いま片つ方は京のさるべき所にて、雨いみじう降りたるに、

あかねさす　日に向ひても　思ひ出でよ　都は晴れぬ　ながめすらむと

御手にて書かせ給へる、いみじうあはれなり。さる君を見おきたてまつりてこそ、え行くまじけれ。（『枕草子』「御乳母の大輔の命婦、日向へ下るに」）

中宮様の乳母の大輔の命婦が日向の国に赴くことになった時、中宮様は餞別に幾つもの扇をお贈りになったが、その中に、片側には陽光がうららかに射している田舎で建物もたくさんある風景、裏側には都のしかるべき邸宅に強い雨の降っている様子を

描いたものがあった。そこには和歌が書き添えてあった。
燦燦と陽の射す日向に赴いても思い出しておくれ。今頃都では涙の雨が降り、私が心晴れぬもの思いに耽っていることだろうと。
中宮様がそう御自筆で書かれたのは、本当に、何とも言いようのないことだった。こんな中宮様を見す見すおいて行くことなど、私だったら絶対できない。

事情を話そう。中宮定子はこの頃、関白だった父・藤原道隆が亡くなり、兄と弟が暴力事件によって流罪となり、自分は絶望のあまり出家するなど、つらい状況にあった。そんな中で、乳母が彼女の元を離れ九州へと去ることになったのである。

当時乳母といえば、養い子にとっていちばんの味方であった。乳母は普通の女房とは違う。乳を与えるだけでなく、養い子が成長しても、生涯寄り添い仕えるのである。だからこそ優遇され、周囲の女房たちを顎で使うようにもなる。そのことは『枕草子』にも「**身をかへて天人などはかうやあらむと見ゆるものは、ただの女房にてさぶらふ人の、御乳母になりたる**（生まれ変わって天人にでもなったのかとも思われるのは、普通に仕えていた女房から高貴な養い子の乳母になった人だ）」（「身をかへて天人などは」）と記されている。『源氏物語』の光源氏にとっての惟光《これみつ》、『落窪物語』の道頼にとっての惟成《これなり》のように、母が乳母となればその一家もまるごと、養い子の腹心の部下となった。言わば運命共同体である。そうした乳母に定子が去られたとは、最も身近で信頼していた存在に、つまり見捨てられたということなのである。

それでも定子は、乳母への愛情をこめて扇を贈った。表には、乳母がこれから暮らす日向の館《たち》の絵。遠方でも幸あれという真心である。だが裏を返すと、こちらの絵には定子の本音があった。孤独の涙雨である。『枕草子』の異本（能因本「御乳母の大輔の、今日の」）には、「**ながめたる人**（物思いにふける人）」の姿も描かれているとある。孤独をかみしめる定子自身の姿である。そこに自筆の和歌が書かれていた。絵も、定子自身が描いたに違いない。

清少納言は、幾つもの扇の中にこの一つを見つけて、はっとしたのだろう。『枕草子』には定子の零落後の出来事を記した章段も多いが、そこでは定子は深刻な状況にも屈することなく笑っていたとか、風流に過ごしていたなどとされている。それは嘘ではなく、定子は清少納言の前では背筋を伸ばして明るく振る舞っていたのかもしれない。だが乳母に贈る扇では、ことにその裏面では、本音が出たのだ。子供の頃から親しんだ甘えも手伝って、乳母を慕う気持ちが募り、心弱さが漏れたのだろう。

思いがけず垣間見た定子の本音が胸に刺さって、清少納言自身も本音が漏れた。「いみじうあはれなり」である。どんなに定子が悲惨な状況でも、清少納言は決してネガティブな意味で「あはれ」とは記してこなかった。「あはれ」と思わぬように努めていたのではなかったか。だがこの時、どうにも言葉にならぬ思いで清少納言は胸が一杯になったのだ。そして、自分は決してこの方を見捨てないと決意した。

この章段には、音声としての言葉は皆無である。定子は無言で扇に心を託し、清少納言も無言でただ扇を見つめた。乳母もまた、やがてこの扇を受け取って、言葉もなく泣いたに違いない。

一つの扇の上に、人々の思いが交錯する。扇がコミュニケーションツールであったと先に記したのは、そうした意味である。

第15章

切羽詰まる

物への書き付け

ものへのかきつけ

1

いちはやきみやび

文書、手紙、メモ、落書きなど、私たちは日常生活の中でしばしば何かを書き記す。それ自体は珍しくない行為だが、古典作品には、書くことが物に託される例が散見される。紙以外の物に書くとか、紙に書いて物に貼ったり結わえたりして残すなどといった例である。物はどういった形で、どんな意味を持ってそこに介在するのか、見てみよう。

さて、『伊勢物語』には特に、紙以外の物に書き付ける例がいくつも見受けられる。おそらくは作品独特の世界観と響き合ってのことだろう。やむにやまれぬ状況に追い込まれた登場人物たちは、とりあえず手近にある装束の布、岩、宴の盃などに、今どうしても書かずにはいられない言葉を書き付ける。彼らに共通するのは、切羽詰まった状況と抑えられぬ心情だ。

では、まず初段。大人になったばかりの主人公が突然恋に落ち、装束を引き裂いて和歌を書き付ける、「いちはやきみやび」の逸話である。

昔、男、初冠《うひかうぶり》して、奈良の京春日《かすが》の里に、しるよしして、狩にいにけり。その里に、いとなまめいたる女はらからすみけり。この男かいまみてけり。思ほえず、ふる里にいとはしたなくてありければ、心地まどひにけり。男の、着たりける狩衣の裾をきりて、歌を書きてやる。（『伊勢物語』初段）

昔のことだ。ある男が元服して、旧都奈良の春日の里に所領があったので、狩に出かけたということだ。その里にはみずみずしく優雅な姉妹が住んでいた。そしてこの男は、二人を垣間見てしまった。意外にも、姉妹が古びた里に到底似合わない様子だったので、男はくらっときてしまった。そこで自分の着ていた狩衣の裾を切って、歌を書き付けて贈ったのだ。

「初冠」は元服、つまり男性の成人式で、平安時代の貴族の場合、大方十代の半ばに行われた。つまりこの段は、主人公の「大人デビュー」の章段である。一人前の大人になるとは、一人前に恋ができるということを意味する。そんな恋の世界に新入りを果たした「男」がときめいたのは、旧都となった奈良の春日の里で偶然見かけた姉妹だった。仮にこの若者を在原業平《ありわらのなりひら》（八二五〜八八〇）と想定すれば、元服の時には平安遷都から既に数十年を経ている。旧平城京は往時と違いすっかりさびれていただろう。ところがそこに思いがけない出会いがあった。鄙《ひな》には稀な華やかさで輝く姉妹に、男は心を射貫かれた。さあ、どうしよう。こんな時は、和歌だ。和歌を贈ろう。だが待てよ。道具がない。

『源氏物語』にも、似た場面があった。「澪標」巻、二十九歳の光源氏は都から住吉大社に参詣し、一方彼の恋人で姫君を産んだばかりの明石の御方は明石から、偶然にも同じ日に参詣した。二人をつなぐ縁を感ずる光源氏。それを察した乳母子の惟光が、「**さる召しもや**（そうした御命令もあろうか）」と懐に携帯していた短筆を差し出す。気の利いた奴だと光源氏は感心しつつ、自分の懐から畳紙を取り出して和歌を書き付ける。

このように恋の熟練者光源氏ですら、咄嗟《とっさ》の時に筆の用意がないことはあった。が、さすがに紙は携帯していた。つまり『伊勢物語』の男の場合、彼に紙の用意がないこと自体が、若くて恋に不慣れなことのあらわれなのである。だが、彼はこのチャンスを諦めなかった。即座に彼が取ったのは、装束を引き破って紙の代わりにするという強硬手段だった。

その男、信夫摺《しのぶずり》の狩衣をなむ着たりける。
春日野の　若むらさきの　すりごろも　しのぶの乱れ　かぎりしられず
となむおひつきていひやりける。（同前）

その男は、乱れ模様の信夫摺の狩衣を着ていたんだとさ。春日野の若い紫草さんたち。これは紫草で染めた僕の摺り衣さ。この信夫摺の乱れ模様と同じ、僕の心は君たちのせいで乱れに乱れている。とね、ぱっと詠んだということさ。

この場面を現代に置き換えて想像してほしい。都会から来た坊ちゃんが、ジャケットの裾をびりびりと引き裂いてラブレターを書き付け、女に渡す。もらったほうは目を丸くせざるを得まい。『伊勢物語』の語り手は、「**昔人《むかしびと》は、かくいちはやきみやびをなむしける**（昔の人はこんなに過激なお洒落をやってのけたということだ)」と批評して、章段を閉じている。

「いちはやき」は、男の若さや咄嗟の行動から「早熟な」とか「素早い」といった意味と思われがちだが、そうではない。「いち」が接頭語で程度の甚だしさを示し、「はやき」は「激しい」の意。合わせて、ここでは「過激な」と解釈した。光源氏が懐に畳紙を常備していたようなこなれた洒落心とは違って、裂いた布の書き付けからは、なりふり構わぬ青春の情熱がほとばしっている。しかも和歌は、この不体裁な「手紙」を恥じていない。むしろ、布を見てくれと促すようである。これこそが僕の気持ちのとまどい、ときめき、高ぶりなのだと。布地がタイミングよろしく乱れ模様だったからだが、それだけではない。まずこれが布であること、切れ端であること自体が、姉妹への激しすぎる思いそのものなのだ。

これが『伊勢物語』の主人公「むかし男」の恋デビューだった。そして以後、物語は様々なエピソードを交えつつ緩やかに彼の一代記を語ってゆく。ならばこの「いちはやきみやび」は、『伊勢物語』全編を通じた、彼の恋の根幹をなす性格だと言えるだろう。また書き付けの布はその象徴と言えるだろう。燃え上がる思いに切羽詰まれば、手段を選んでなどいられない。彼の恋はそんな恋だ。

岩の血文字

『伊勢物語』では、時に女たちも激しい。次の章段に登場するのは、片田舎で夫を待ち続けた妻である。その思いはやはり激しく、また切なくてやりきれない。

昔、男、片田舎に住みけり。男、宮仕へしにとて、別れ惜しみてゆきにけるままに、三年《みとせ》来ざりければ、待ちわびたりけるに、いとねむごろにいひける人に、「今宵あはむ」とちぎりたりけるに、この男来たりけり。（『伊勢物語』二十四段）

昔、男が片田舎に住んでいたとさ。都で宮廷勤めをすることになり、女と別れを惜しんで行ってしまったまま、三年帰って来なかった。それで女は待ちわびていたのだが、真面目に心を寄せてくれた人がいて、結局「今宵逢おう」と約束を交わした。ところがその時、男が帰って来たのだった。

平安時代の民法『令《りょう》』の中の「戸令《こりょう》」二十六条には、「夫外藩《げばん》に没落《もちらく》して、子有るは五年子無きは三年までに帰らず、および逃亡《でうまう》して、子有るは三年子無きは二年までに出で来ずは、並びに改嫁聴《かいけゆる》せ」とある。つまり、夫が没落して遠国に行ってしまった場合は、子供がいれば五年いなければ三年の経過で、女は再婚が許されることになっていた。夫が失踪した場合も、子供がいれば三年いなければ二年で再婚可能である。この『伊勢物語』の場合は、夫は都に行って消息を絶ったものと思われるので、後者に当たる。二人に子供がいたかどうかは記されないが、ともあれ女は十分に待った。しかし便りはなく、一方で別の男から真剣な交際を申し込まれる。女は応じた。そして今晩初めて夫婦の契りを交わそうという日、間の悪いことに、夫が帰って来る。

「開けてくれ」と、夫は家の戸を叩いた。だが妻は開けず、歌を詠んだ。「**あらたまのとしの三年を　待ちわびて　ただ今宵こそ　新枕《にひまくら》すれ**（三年待って待ちくたびれて、まさに今夜、別の人と夫婦になるの）」。男は返した。「**梓弓　真弓つき弓　年を経て　わがせしがごと　うるはしみせよ**（そうか。かつて私も、月を重ね年を経て、あなたを慈しんだ。そのように新しい誰かを大切にしろよ）」。妻からの離別を受け入れたのである。だが、それは妻の望んでいた言葉ではなかった。妻は本心では夫と元のさやに戻りたかったのだ。

ならば、せっかく帰って来た夫を、女はなぜ即座に家に迎え入れず拒んだのか。おそらく彼女は、とまどったのだ。それは自然な感情だろう。また、三年も放置した夫には恨みもあり、すねて見せたかったのだろう。「放っておいて悪かった、寂しかっただろう」と謝ってほしかったから、少しだけじらした。そんな小さな策略ではなかったか。だがそれが裏目に出た。

夫にしてみれば、家にも上げられず新しい結婚のことを聞かされて、胸を引き裂かれるような思いだっただろう。だが原因は連絡をしなかった自分にある。認めるしかない、というう気持ちになったのではないか。自分たちの温かかった結婚生活を振り返り、そのように新しい男を慈しめと言う男は、優しい。だがそれは女の真意を汲まない優しさであった。

素朴で正直であるべき田舎女に似合わない策略は、見事に外れた。あっさり去って行こうとする夫に、女は慌て「本当に好きなのはあなただ」と告げ引き留めようとする。だが夫はどこかへ帰ってしまった。女の心に悲しみがこみあげた。家を出て、必死に夫の後を追う。

女いと悲しくて、しりにたちて追ひゆけど、え追ひつかで、清水《しみづ》のある所に臥しにけり。そこなりける岩に、およびの血して書き付けける。

あひ思はで　離《か》れぬる人を　とどめかね　我が身は今ぞ　消え果ぬめる

と書きて、そこにいたづらになりにけり。(同前)

女は悲しくて、夫の後を追いかけた。だが追いつけず、清水の湧いている所でばったりと倒れ込んでしまった。女はそこにあった岩に、指の血で書き付けた。

思いが通じず去って行ってしまったあの人。彼を引き留められず、私は今、死んでしまおうとしているのだ。

そう書いて、その場で息絶えたのだった。

『新編日本古典文学全集　伊勢物語』の頭注は、女が清水のもとに倒れ込んだことを「水を飲もうとしたのであろう」と解する。また、指の血は「かみ切って血を出したものか」とも解する。これに随《したが》えば、女は喉がからからになるまで走り続け、水を求めて倒れ込んだのだ。そこで命がつきるのだから、女は恋に殉じたことになる。そして死を悟り最後の力を振り絞って指をかみ切り、岩に血で辞世を書き付けた。思いをこめて言葉を遺《のこ》し、壮絶とも言える最期を遂げたのだ。

このダイイングメッセージは、その後どうなったのだろう。彼女の遺体が発見された時、一緒に見つけられて口伝えに広まり歌語りとなったのだろうか。いや、そうではなく、やがて清水が流し去って、誰の目に触れることもなく消えたのだろうか。

盃に書いた歌

『伊勢物語』の作品名のもととなった、伊勢を舞台とする「狩の使」章段。ここにも紙以外の物への書き付けが登場する。恋する二人が、明日は別れるという切羽詰まった状況で和歌を書き付けたのは、宴の盃だった。

物語が記すのは、たった三日間の恋である。

むかし、男ありけり。その男、伊勢の国に狩の使にいきけるに、かの伊勢の斎宮なりける人の親、「つねの使よりは、この人よくいたはれ」といひやれりければ、親の言《こと》なりければ、いとねむごろにいたはりけり。朝《あした》には狩にいだしたててやり、夕さりはかへりつつ、そこに来させけり。かくて、ねむごろにいたつきけり。（『伊勢物語』

（六十九段）

昔、男がいたとさ。その男が朝廷の狩の使いとして伊勢の国に行った時、その伊勢の斎宮であった人の親が、「この方は、いつもの使いよりも丁寧にお世話しなさい」と言い送っていたので、親の言いつけならばと、斎宮はたいそう心を込めてもてなした。朝には狩に送り出してやり、夕方は帰るとそのまま斎宮の御殿に泊まらせた。こうして、心を込めて世話をしたのだった。

神に仕える伊勢斎宮《さいぐう》と朝廷の使い。二人は禁断の恋に落ちる。男は在原業平と思しい。そして女は恬子内親王だと、物語は結末で明かす。恬子内親王は、文徳《もんとく》天皇の娘。母は紀静子である。清和天皇の時代、貞観元（八五九）年に卜定《ぼくじょう》（占いによって選任）され、潔斎を経て貞観三（八六一）年に伊勢に入り、それから貞観一八（八七六）年までの十五年間、斎宮を務めた。業平は静子の姪の夫であり、身内だった（系図）。そのため静子は業平を特に丁寧にもてなすように言いつけ、斎宮が素直に従った。それが恋のきっかけとなったと、物語は言う。

会って二日目の夜、男は早くも斎宮に心を打ち明け逢瀬を求めた。斎宮にも頑なに拒む心はなかった。その深夜、斎宮がひそかに男の閨《ねや》に忍んできて、二人は結ばれる。逢瀬の翌朝、二人は和歌を交わす。だが男から贈る通常の後朝《きぬぎぬ》の歌の形はとれず、夜がとうに明け切った後、じれる男の所に斎宮から和歌が贈られてくる。

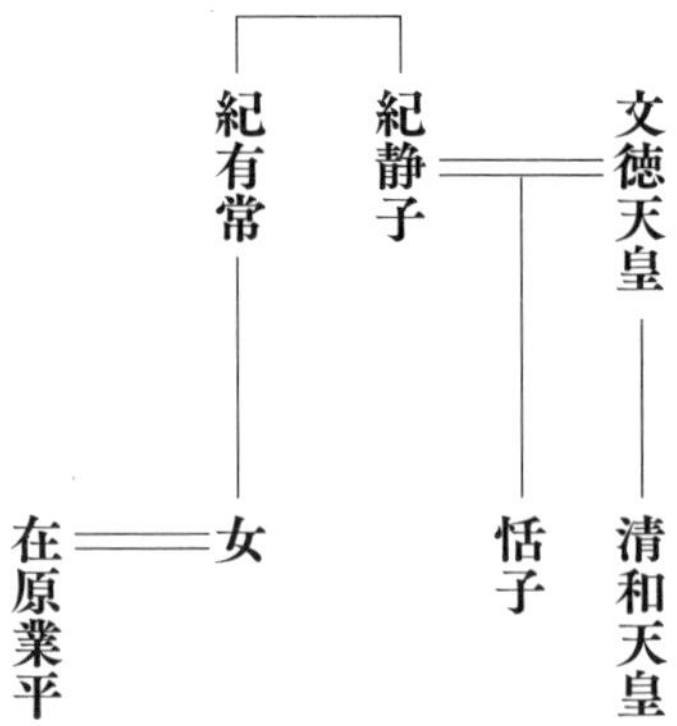

女のもとより、詞《ことば》はなくて

君や来し　我や行きけむ　おもほえず　夢かうつつか　寝てかさめてか

男、いといたう泣きてよめる、

かきくらす　心のやみに　惑ひにき　夢うつつとは　今宵さだめよ（同前）

女の許から、文章は無くて歌だけが届いた。

あなたが来たのでしょうか？　私が行ったのでしょうか？　わかりません。あれは夢なのか、それとも現実のことなのか。私は眠っていたのか、それとも目覚めていたのか。

男は涙に暮れて詠んだ。

暗がりのなか、闇に迷うように、私は理性を失いました。あのことが夢であったか現実であったかは、今宵あなたが見定めて下さい。

斎宮の和歌は昨夜の逢瀬を不確かなものと言い、まるでそれを無かったものとでもしたいかのように頼りなかった。確固とした愛を心に抱いていた男には、それが悲しかった。だから彼は、今宵また会おう、そして二人の愛をあなた自身の目で確かめてくれと詠んだのである。

その日一日、狩のために野に出ても男の心は上の空だった。夕べの逢瀬は慌ただしく過ぎた。せめて今夜は、人が寝静まったらすぐに逢って、二人の時間を過ごしたい。ところがそこに邪魔が入る。伊勢の国守が接待の宴を設けたのだ。夜通し酒がふるまわれ、二人だけの密会などするチャンスもない。翌朝には伊勢を発つ予定である。男は隠れて涙を流した。泣いて泣いて、果ては血の涙を流したが、逢瀬は叶わず夜は明けてゆく。

夜《よ》やうやう明けなむとするほどに、女がたより出だす盃の皿に、歌を書きて出だしたり。取りて見れば、

かち人の　渡れど濡れぬ　えにしあれば

と書きて末《すゑ》はなし。その盃の皿に続松《ついまつ》の炭して、歌の末を書きつぐ。

またあふ坂の　関はこえなむ

とて、明くれば尾張の国へこえにけり。（同前）

夜がだんだん明けようとする頃、女は自分のほうから出す盃の皿に歌を書いて差し出した。男が手に取って見ると、

人が歩いて渡っても濡れないほど浅い江《え》。そんなに浅いご縁だったもの

そう書いて、下の句は無い。男はその盃の皿に、松明の燃え残りの炭で下の句を書き足した。

また来るよ。逢坂の関を越えて。だからまた逢おう。

そう言って、夜が明けると尾張の国へと旅立ったのだった。

斎宮が差し出した素焼きの盃、その皿に和歌の上《かみ》の句が記されていた。『伊勢物語』の異本（伝民部卿局筆本）や『業平集』の一本（素寂本）には「盃のうらに」とあって、その場合は盃を反した外側底部に和歌が書かれていたことになる。男は下《しも》の句を書き付けたという。儚《はかな》い出会いと別れ。『伊勢物語』の語る内容には虚構が含まれており、必ずしも事実と受け取るべきではないとの説もある。しかし平安時代中期には、この内容は史実とされていたばかりか、尾ひれを付けて伝えられていた。曰く、斎宮は懐妊し出産した。子供は高階氏に引き取られた、と。業平から約一五〇年を経た藤原行成《ゆきなり》の日記『権記《ごんき》』には、奥歯にものの挟まったような言い方で、このことに起因する伊勢神宮と高階一族との不仲説が記されている。

故皇后宮の外戚高氏の先は、斎宮の事に依って、其の後胤たるの者は皆もって和せず。今皇子のために怖ずるところ無きに非ず、よく太神宮に祈謝せらるべきなり。（『権記』寛弘八（一〇一一）年五月二十七日）

故皇后宮定子様の母方高階氏の祖先は、斎宮の一件に関わっていて、その子孫は皆和解しておりません。今、皇子の敦康様のために恐れる所無きにしもあらずです。よく伊勢神宮に祈り謝られるべきでしょう。

行成はこの時一条天皇から、故定子との間の長男・敦康《あつやす》親王を皇位継承者にしたいと相談された。だが行成はそれに反対した。そして縷々述べた理由の一つがこれだった。亡くなった皇后・定子の母・高階氏の祖先に恬子内親王と業平の密通の子がいる。今の高階氏はその流れを汲むから、伊勢神宮との間がしっくりしていない。だから親王が皇位を継承することは不都合であると彼は主張している。物語世界の内容が現実世界の皇位継承という大事に影響を与えていることの確認できる、稀有な例である。もっとも、この『権記』の記載自体を後年の書き込みとする見方（土方洋一「秘事伝承とその成長―『伊勢物語』の周辺―」）もあり、不透明の上に不透明が重ねられていると言ってよい。だが確かなのは、現存する『権記』にはその一節が存在するということである。ならば少なくとも過去のある時点以降、業平と斎宮の恋の伝説は、一定真実と信じられていたと言ってよい。なお、室町時代に成立した諸家系図集『尊卑分脈《そんぴぶんみゃく》』はさらにまことしやかに、定子の祖父の祖父高階師尚《もろひさ》に注して「実は在原業平の子なり、斎宮恬子内親王に密通し出生、これに依りこの氏族の子孫参宮せざるものなり」と記している。

史実としての真偽はともあれ、斎宮は確かに神に仕える身であり、男性との関係をもってはならなかった。『伊勢物語』の男はそのタブーを破った。それも、斎宮と初めて会って一日二日の内に恋に落ち、告白した。斎宮も自ら男の部屋に足を運んで短い逢瀬を持った。物語の内容は極めて過激である。とはいえ二夜目の逢瀬は約束しても成らず、諦める斎宮、次回を誓う男、二人の思いが連歌の上の句と下の句として交錯し、合体する。小さな盃は、このやりとりの舞台として劇的な効果を果たしている。

人目の多い席だから、じかに愛の言葉を交わすことなどできない。ならば、木を隠す時は森に隠せというように、酒席を回る盃に和歌を託した。思いつきは巧妙だが、もし誰かが途中で盃を取り上げたらどうなるのか。いや、斎宮の詠んだ上の句は内容が曖昧だから、何とでも言い逃れが可能ということか。では男の書いた下の句はどうか。「逢坂」が単なる地名ではなく男女の逢瀬を意味することは、『万葉集』以来の常識である。男は堂々と愛を歌い上げ、さらに次回を期している。これは大胆すぎるほど大胆な行動と言える。その場にありあわせの消し炭で書いたというのも熱い。これこそまさに『伊勢物語』の主人公・在原業平の真骨頂だ。

さて、このように斎宮は人目を忍ぶ恋と迫りくる別れという二重の切羽詰まった状況で、盃に字を書き付けた。『伊勢物語』による限り、これは少なくとも日常的な行為ではないと思われる。では、図15-1や図15-2のような遺物は、どう理解すればよいのだろうか。

これらは二〇一一年、京都市右京区における発掘調査の折に出土した仮名墨書土器である。場所は平安京右京三条一坊六・七町、藤原良房の弟・良相《よしみ》（八一三～六七）の豪邸・百花邸跡である。その庭の池跡から発見された一〇〇〇点を超える平安時代前期の遺物のうち、八四点の土器に墨で文字

図15-2
「巻頭図版5遺物」下左　墨書土器1 墨8内面

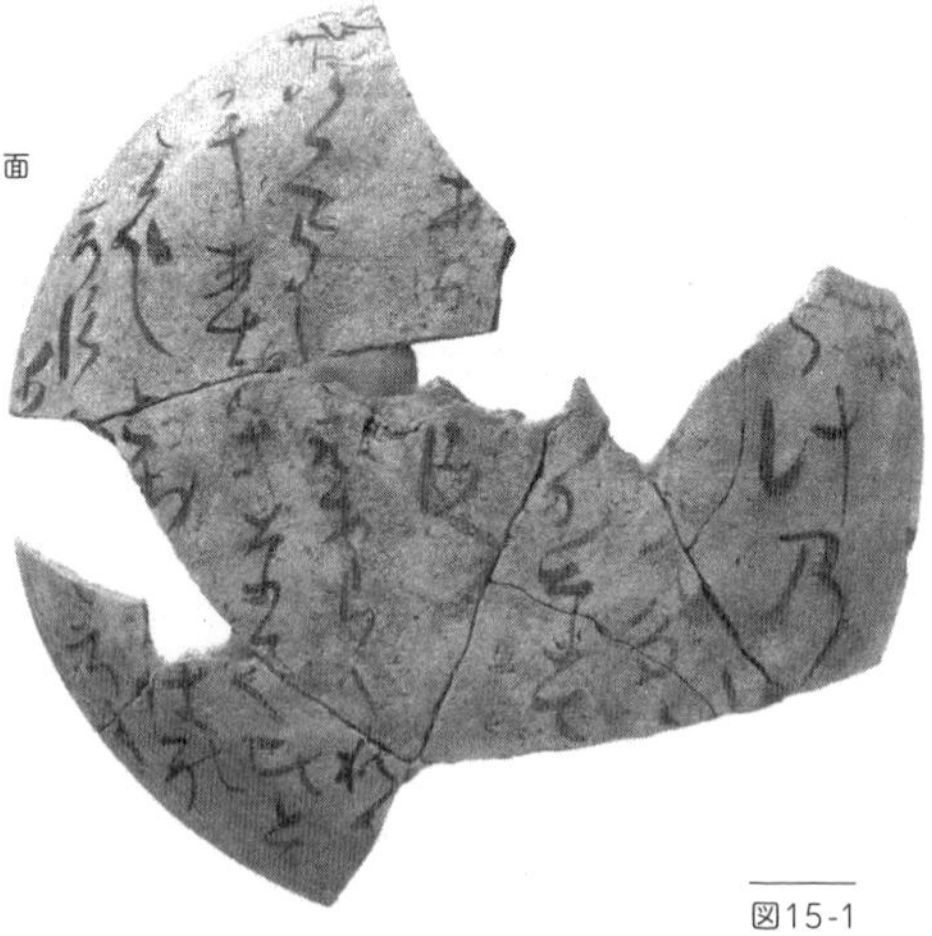

図15-1
「巻頭図版5遺物」上　墨書土器1 墨14外面（『京都市埋蔵文化財研究所発掘調査報告 2011-9 平安京右京三条一坊六・七町跡 —西三条第（百花亭）跡—』掲載／所蔵：公益財団法人京都市埋蔵文化財研究所／以下同）

が記されていた。中には図のように平仮名を書き付けたものも見受けられる（報告書掲載写真から転載。「巻頭図版5遺物」上　墨書土器1　墨14外面を図15－1、下左　墨書土器1　墨8内面を図15－2、「巻頭図版8遺物」左上　墨書土器4　墨3外面を図15－3とする）。ほとんどが土師器《はじき》（素焼きの土器）で、図15－1は皿。裏返した外側のほぼ全体に平仮名が書かれている。左側の一部が連綿体になっていて、すでに仮名として成熟を見せているのは、書道史の上でも極めて興味深い。図15－2と図15－3は坏で、文字は図15－2が内側、図15－3では外側に記されている。遺物は邸宅の主人藤原良相と同時期のものと思われ、ならば『伊勢物語』の業平の生きた時代（八二五～八八〇）と重なる。いつ、何のために、誰によって書かれたのだろう。今まさに研究が進められているところである。

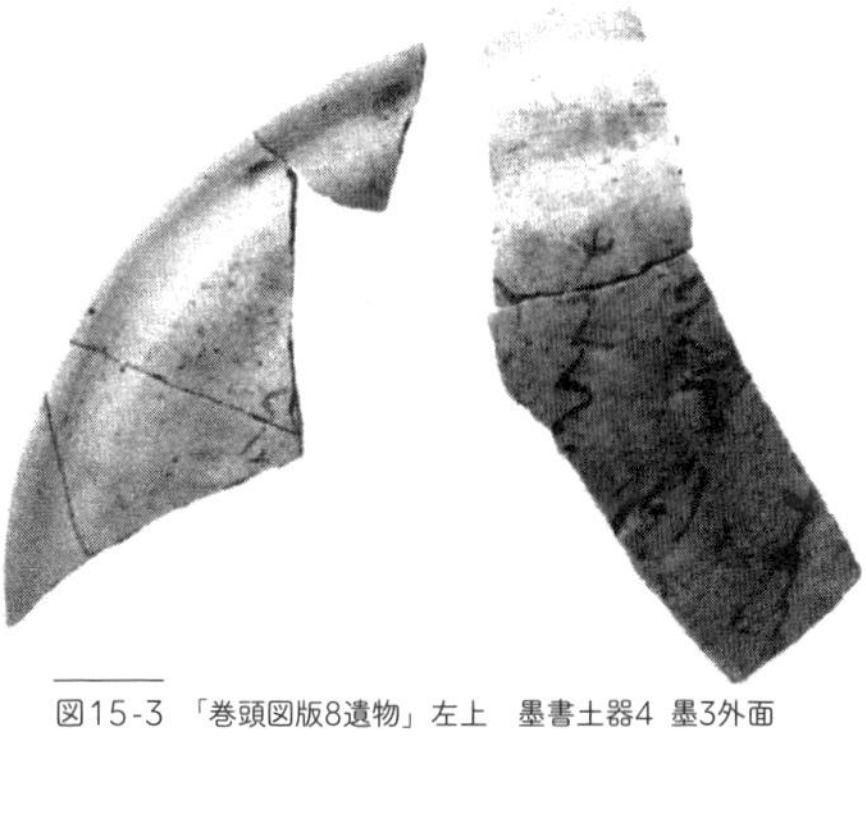

図15-3　「巻頭図版8遺物」左上　墨書土器4　墨3外面

漢字を記した墨書には、漢文の一部らしいものや仏教・陰陽道との関係を思わせるものがあるという。一方仮名の墨書は「神楽などの催しを示唆する（報告書）」とも考えられている。神楽といえば『伊勢物語』の斎宮の世界に近い。想像をたくましくするならば、神事の世界では宴の場で盃に書き付けをすることが珍しくなかったのかもしれない。それを利用して恬子内親王が、周囲から違和感を抱かれることなく和歌を書き付けたとするならば。物の発見は文学作品にとっても、かくもスリリングな事件と言える。

第16章

遺す

物への書き付け《ものへのかきつけ》

2

瓜に描いた顔

物への書き付けといえば、書くのは文章に限らない。印や記号、絵もある。なかでも次の「顔」は、しばしば教科書にも載っていてよく知られているのではないだろうか。

＝うつくしきもの。**瓜に描きたるちごの顔。**（『枕草子』「うつくしきもの」）

―かわいいもの。瓜に描いた子供の顔。

平安時代、瓜は夏の果物として好まれた。それに子供の顔を描いたという。想像すると確かに可愛いが、何か用途があったのだろうか。次の例からはそのことがほの見える。

客人《まらうど》めきたる人まうで来て、人のもとに、小さき瓜に顔かきておこせたり
ながれても　かはひのそのの　みづほぞち　ひとりはみずの　うりとしらなむ（書陵部本『能宣集』二七九番）

お客らしい人がやってきて、女性のもとに、小さい瓜に顔を描いて渡した。川を流れても結局は合流地の園で出合うのが、みづほぞち（甜瓜《まくわうり》）の常。「みずみずしい」瓜とは言うが、一人では「見ず」で恋にならない。私たちも会おうじゃないか。この瓜はそんな気持ちを示す瓜とわかってほしい。

客人が、瓜に顔を描き付けて女性に贈ったのだという。瓜は贈答に用いられることが多かった。その際、戯れに顔を描くことがあったのだ。共に贈った歌は瓜にかこつけた恋の歌。平安貴族社会はネットワーク社会で、盛んに和歌と品物を贈り合っていた。中にこうした愛嬌のある贈り方があったと思うと面白い。現代でも真似できるのではないか。

和泉式部も瓜と和歌を贈っている。こちらは妹に贈ったものだ。

外《ほか》なるはらからのもとに、いと憎さげなる瓜の、人の顔のかたになりたるに書きつけて

もし我を　恋しくならば　これを見よ　つける心の　くせも違はず（『和泉式部続集』三五四番）

別に住んでいる姉妹の所に、変な瓜で人の顔の形をしているのに書き付けて

もし私のことが恋しくなったらこの瓜を見てね。外見も性格の悪い所も私にそっくり。

和泉式部が贈った瓜は、瓜自体が人の顔のような形をしていた。それに和歌を書き付けて贈ったのだ。「憎さげなる瓜」とあるので、整った形ではなかったのだろう。和歌ではそれを、不器量なところが自分の顔立ちにも気立てにも似ていると「自虐ネタ」にしている。こんな和歌が贈れるのだから、この妹とは気の置けない仲だったのだろう。詞書《ことばがき》には「外なるはらから」、離れて暮らしている妹に贈ったとある。和泉式部は夫のいる身で為尊

親王と恋に落ち、親から勘当され家を出されたことがあったので、その時の和歌かもしれない。ならば自分の「心の癖」とは、諫められた恋愛体質のことか。それを自嘲しながら、反省しているのか諦めているのか。甘えられる相手にふざけて見せながらも、奥には和泉式部自身の寂しさが覗くような和歌である。

個性豊かな人面土器

顔を描き付けた物といえば、発掘調査現場から出土する遺物の中に、墨で顔を描き付けた土器のあることがある。これらは「人面土器」と総称され、現場の様子から魔除けや呪詛など宗教的な意味合いを持っていたと考えられている。

図16-1は、十世紀中頃の公卿・藤原実《さね》頼《より》邸跡から発掘されたもの。実頼は村上天

図16-1　人面土器（2021年6月25日「京都新聞」）

皇の時代に左大臣を務め、天徳四（九六〇）年、壬生忠見《みぶのただみ》と平兼盛《たいらのかねもり》が「恋すてふ」と「しのぶれど」の和歌を戦わせた内裏歌合で判者を務めたことでも知られている。代替わりした冷泉天皇の世では関白にまで昇った。土器は彼が自宅を改修した時に埋められたものと推測され、陰陽道で鬼門とされる東北角で見つかったので、鬼門除けと考えられている。ならば平安びとは、邪の嫌う顔としてこの顔を描いたのだろうか。現代人の私にはむしろ笑える。まるでギャグ漫画の顔のようではないか。

図16－2は、長岡京の発掘調査で出土した人面墨書土器。調査ではおよそ二〇〇もの土器が発見された。京都市埋蔵文化財研究所・京都市考古資料館によれば、これらは川底推定地から見つかり、流れに沿うようにあったことから祭祀のために流されたものと推測されている。祭祀は「土器の中に自分の穢れを息とともに吹き込み、紙などで土器の口を封

図16-2
水垂遺跡出土 人面墨書土器（所蔵：公益財団法人京都市埋蔵文化財研究所）

印し、それを川に流して穢れを祓う（発掘ニュース5）」ものだったという。顔は自分の顔とも、疫病神の顔とも考えられている。顔のほかにもまじない関係では、陰陽道特有の文字を書き付けた土器や札《ふだ》などが日本中で出土していて、呪術文化の広がりとともに、まじないにすがった人々の思いを今に伝えている。

戯れの絵から呪詛まで、書いた事情はどうあれ、物への書き付けは物の上に残る。書いた人がこの世から消え去っても、思いの痕跡を刻み付けたまま、物は物の定めとして時を移ろう。やがて書き付けの意味が理解されなくなる時が来ようとも、それはただの物ではない。人の思いを背負ったモノである。

別れの書置き

「書置き」といえば、文字通り、ある場所を立ち去る時に書いて置いておく手紙である。ただ現代では卓上に置く印象が強いが、平安時代文学には別のパターンが見受けられる。

歌人・伊勢《いせ》は、宇多天皇の女御で弘徽殿《こきでん》に住んだ温子《おんし》の女房だった。寛平九（八九七）年、天皇の譲位に伴い温子が内裏から退去することとなったので、伊勢も弘徽殿を出た。伊勢は心に余る気持ちを和歌に詠み、弘徽殿の壁に書き置いた。

亭子《ていじ》の帝、いまはおりゐさせたまひなむとするころ、弘徽殿の壁に、伊勢の御《ご》の書きつけける。

わかるれど　あひも惜しまぬ　ももしきを　見ざらむことの　なにか悲しき（『大和物語』初段）

宇多天皇が譲位間近でいらっしゃった頃、弘徽殿の壁に伊勢の御息所がこうお書きになった。

私はつらい思いで内裏を出ていくのに、内裏のほうでは別れを惜しんでなどしてくれない。私ときたら、そんなつれない内裏をもう見られなくなることの、何が悲しいというのでしょう？

寂しさを恨めしげに詠んだ和歌は逆説的な形で強い愛着を詠んだものであり、立ち去る内裏への挨拶だった。さて、温子たちが立ち去った後、入れ替わりに弘徽殿にやって来た

のは、譲位した宇多上皇であった。内裏は新帝・醍醐天皇のものとなり上皇は「後院」と呼ばれる内裏外の御所に入るはずなのだが、この時は何らかの事情によりしばらく内裏内にとどまったのである（『日本紀略』宇多天皇寛平九年七月三日）。伊勢の書き付けが目に入り、宇多は傍らに返歌を書き付けた。

帝、御覧じて、そのかたはらに書きつけさせたまうける。

身ひとつに　あらぬばかりを　おしなべて　ゆきめぐりても　などか見ざらむ

となむありける。（同前）

帝はご覧になり、その傍らにお書き付けになった。

帝は私一人ではない、ただそれだけのことだ。誰も皆、行きつ戻りつして、またいくらでも内裏を見ればよいさ。

ということだった。

上皇はこの後、後院に移り、内裏とは決別する。が、他の者が内裏と別れる必要はない。

次の天皇に仕え内裏を見守り続けてほしい。和歌は「**おしなべて**（誰も皆）」と言い、伊勢一人でなく広く宮中の全員に向かって勧め、また願う内容である。跡を継いだ醍醐天皇はまだ数え年十三歳、上皇が治世を案じて諸事心得を伝えた「寛平遺誡《かんぴょういかい》」はよく知られている。

内裏に心を遺してゆく女房、内裏を次代に託する上皇。このやりとりはこれで成立しているように思える。だが、伊勢が実は宇多の思い人であり、皇子も産んでいることを考えればどうか。伊勢から内裏へ、天皇から人々へという形の裏に、互いに秘めた思いがあったと見るほうが自然だろう。伊勢は、内裏を宇多が彼女を愛してくれた場所と思い、強がりながらも離別を寂しんだ。そして宇多は、彼女の気持ちを受け入れ、慰めた。何度でもまた来るがよい、そして思い出すがよいと。

二人の筆跡の並んだ書き付けは、そのまましばらく弘徽殿の壁にあったのだろう、やがて一対の和歌として、人の口に上るようになった。このように成立秘話が付いて語り伝えられる和歌は「歌語り」と呼ばれており、ここに掲げた『大和物語』はそれを集めたものである。伊勢と宇多の歌語りはことに人口に膾炙《かいしゃ》し、別に『後撰和歌集』（「離別」）にも『大鏡』（「雑雑物語」）にも採られている。

柱に寄せて

御殿への別れの和歌といえば、即座に『源氏物語』「真木柱《まきばしら》」巻を思い出す方も少なくないだろう。光源氏三十代のいわゆる「玉鬘《たまかづら》十帖」の最終巻、とある姫が両親の離婚のため母と共に家を出ることになり、住み慣れた部屋の柱に和歌を遺して去るエピソードである。

姫の父は髭黒《ひげくろ》大将。母はその北の方（正妻）で式部卿宮の娘だが、長く心の病にかかっており、夫婦仲はしっくりしない。やがて父は光源氏の養女・玉鬘《たまかずら》に熱を上げ、既成事実を作って結婚の段取りを始める。それは北の方と住む邸宅に玉鬘を迎え入れようという、妻妾同居の結婚だった。北の方は悩む余り心のバランスを失い、夫に香炉の灰をあびせかけるという乱暴をしでかして、ついに愛想をつかされ実家に戻ることになる。

「一緒に」と言う母の願いを理解しながらも、姫は可愛がってくれた父・髭黒と別れたくない。「せめて父上にお別れを言ってから」と渋るが、時刻はちょうど暮れ方、恋する父にとっては玉鬘との逢瀬の時間で、帰ってくるはずがない。姫は母にせかされて、泣きじゃくりながら柱への別れの和歌を詠む。

常に寄り居たまふ東面《ひむがしおもて》の柱を人に譲る心地したまふもあはれにて、姫君、檜皮色《ひはだ》の紙の重ね、ただいささかに書きて、柱の乾割《ひわ》れたる狭間《はさま》に、笄《かうがい》の先して押し入れたまふ。

今はとて　宿離《か》れぬとも　馴れ来つる　真木の柱は　我を忘るな

えも書きやらで泣きたまふ。母君、「いでや」とて、

馴れきとは　思ひ出づとも　何により　立ちとまるべき　真木の柱ぞ

御前なる人々も、さまざまにかなしく、さしも思はぬ木草のもとさへ恋しからむことと目とどめて、鼻すすり合へり。（『源氏物語』「真木柱」）

姫はいつも凭《もた》れていた東面《ひがしおもて》の柱が誰かの物になると思うと悲しくて、重ねた檜皮色の紙に短く書くと、笄《こうがい》の先を使って柱のひび割れに押し込んだ。

もうお別れ。そう言って私が家を離れても、これまで馴染んできた柱は、私を忘れないでね。

書ききることもできず、姫はお泣きになる。母君は「困った子ね」と声を上げる。

あなたと仲良くしたことを柱が思い出すなんて、あるはずがない。でも万が一そんなことがあったとしても、私たちがここに留まる理由は、今さらどこにも無いのよ。

側仕えの女房たちもそれぞれに悲しく、日頃はさして愛着も無かったこの庭の木や草だが、どれもきっと恋しくなることだろうと、見つめては皆鼻をすり上げた。

父は別の女への恋に溺れ、母は病んでいて、どちらも自分のことしか考えていない。両親に別れてほしくはないが、もうどうしようもない。それがわかっているから、姫は寂しさを父にも言えず母にもぶつけられず、ただ部屋の柱に訴えるしかなかった。和歌には「真木の柱は我を忘るな」とある。その「は」に込められた孤独の深さ。だが、母は姫のそんなに切実な思いすら全否定するのである。

一方で、姫の和歌に別の意味を見出す説もある。「真木柱」は『万葉集』以来、和歌では杉や檜《ひのき》の柱を意味すると同時に「太し」にかかる枕詞でもあった。柱の固さや丈夫さを褒めることで家全体を称える、あるいはその家に住む人々の繁栄を祈る働きを持つ意味を持っていたのである。ならば姫の和歌には、「柱よ、私を忘れないで。そしてこれからも頼れる柱として、この家を支え続けて」という意味が含まれることになる。姫は涙ながらに去るが、彼女の言わば祈りによって、家は繁栄を約束されるというのだ。

もしこの説が正しいとすれば、ここには二つの意味で救いがある。一つには、姫が絶望しながらも自分以外のものへの思いやりを忘れなかったという意味。そしてもう一つには、姫と入れ違いにこの屋敷に入る玉鬘が、思いがけなくもこの祈りの恩恵に預かったという意味である。

玉鬘は、光源氏が十七歳の時に愛した夕顔の娘だが、もともと家族との縁が薄かった。幼くして実の父とは生き別れ、母もやがて消息を絶った。波乱万丈の末二十一歳で光源氏に引き取られ、二十三歳の今、髭黒の妻になろうとしている。だがそもそも、この結婚は彼女の本意ではなかった。彼女はむしろ髭黒の暴力的な恋の被害者で、まして北の方を追い出しての略奪婚など望んではいなかった。しかしこの家に迎えられるや、彼女は北の方が置いていった息子たちを慈しんだ。息子たちも玉鬘によくなついた。玉鬘は覚悟を決め、一家の主婦の立場を引き受けて人生を歩みだす。翌年末には髭黒の子を出産し、内裏の女官長・尚侍《ないしのかみ》も務め続ける。さらに髭黒も出世し、大臣に至る。姫が柱にかけた祈りは、玉鬘のもとで実現した。

この和歌は姫にとっては涙の和歌だが、むしろ家の新しい時代を拓《ひら》いた。そう読む時、私がさらに思うのは、ここで詠まれている「柱」とは父・髭黒のことではなかったかということである。姫がいつも頼っていた父。まさに一家の柱だった父。私は出ていくが、父はいつまでも立派な父のまま、どうぞ私を忘れないでほしい、と。そしてその後の展開は、娘の言霊が父に与えた幸福だったのだと。深読みではあろう。だがそう読みなす時、家庭崩壊を描く「真木柱」巻自体が、姫の純真な娘心によって救われるように思う。

「『ほ』文字の『り』文字」

最後に紹介したいのは、書き付けではない。書き付けの跡である。ある人物が生前、壁に書き付けを貼った。だがその人は亡くなり、書き付けも今は無い。だが貼った痕跡が遺っていて、見つけた者の胸を打った。

貼ったのは堀河天皇、見つけたのは彼のもとに仕えた女官・讃岐典侍《さぬきのすけ》である。『讃岐典侍日記』は彼女による手記で、上巻は堀河天皇の発病から崩御に至る克明な看取り、下巻は喪失感と懐旧のなか現実に向き合うまでを記した再生の記である。

讃岐典侍は本名を藤原長子という。康和二（一一〇〇）年、堀河天皇に仕える女官となり、翌三年には女官次長にあたる典侍となった。天皇はこの年二十三歳、長子も推定年齢では同年で、二人は男女の関係にあった。『讃岐典侍日記』には、優しかった天皇の追憶が幾つも記されている。例えばある冬の早朝、堀河天皇は起きがけに彼女を伴い清涼殿の雪景色を愛でた。長子が寝乱れた姿を恥じらい「もっと見目麗しくあればよかったと、今朝は特に思われます」と言うと、天皇は「いつも美しいと思って見ているよ」と言って微笑んでくれた、というように（下巻）。

だが天皇は嘉承二（一一〇七）年六月に発病、長子らの必死の看病も空しく一か月後に崩御した。享年二十九。長子はその後自宅で哀悼の日々を過ごしていたが、翌年、堀河天皇の子で僅か六歳の新帝・鳥羽天皇に、心ならずも出仕することになる。何を見ても前帝・堀河天皇が思い出されるばかりの再出仕だった。

九月半ばのある日のことである。長子は鳥羽に「朕を抱いて、障子の絵を見せよ」とせがまれた。

二　**朝餉《あさがれひ》の御障子《みさうじ》の絵、御覧ぜさせ歩《あり》くに、夜の御殿《おとど》の壁に、明け暮れ目なれておぼ**

えんとおぼしたりし楽《がく》を書きて、押しつけさせたまへりし笛の譜の、押されたる跡の、壁にあるを見つけたるぞ、あはれなる。

笛の音《ね》の　押されし壁の　跡見れば　過ぎにしことは　夢とおぼゆる（『讃岐典侍日記』下巻・天仁元年九月十余日）

朝餉《あさがれひ》の間の襖の絵をお見せして回っていた時だ、ご寝室の壁に、堀河天皇がいつも目にして暗記しようと貼り付けておられた、笛の楽譜の跡があった。それを見つけた気持ちは、言葉にならなかった。

今は亡き天皇の笛の譜が貼られた壁の跡を見ると、過去のことは夢のように思われる。

亡き堀河天皇は笛の名手だったが、今や新天皇の内裏となり、楽譜は剥がされた。だが長子は、痕跡を見ただけで楽譜の跡とわかった。しっかり暗譜しようと熱心だった堀河天皇を思い出し、涙があふれた。

かなしくて袖を顔に押しあつるを、あやしげに御覧ずれば、心得させまゐらじとて、さりげなくもてなしつつ、「あくびをせられて、かく目に涙の浮きたる」と申せば、「みな知りてさぶらふ」とおほせらるるに、あはれにもかたじけなくもおぼえさせたまへば、「いかに知らせたまへるぞ」と申せば、「ほもじのりもじのこと、思ひ出でたるなめり」とおほせらるるは、堀河院の御こととよく心得させたまへると思ふも、うつくしうて、あはれもさめぬる心地してぞ笑《ゑ》まるる。(同前)

悲しくて私が袖を顔に押しあてるのを、鳥羽天皇はいぶかしげに御覧になった。気づかれてはならないと思い、私はさりげなくごまかして「あくびが出て、目にこんなに涙が浮かびました」と申し上げた。すると天皇は「全部知っています」と仰せになる。有難くも怖れ多くも思って私は「どのようにご存知なのですか」と問うた。すると鳥羽天皇は、「『ほ』文字の『り』文字のことを、思い出したのでしょう」と仰せになるではないか。堀河院の御こととよくおわかりでいらっしゃるのだ。可愛くて、悲しみも薄らぐ気持ちがして、私はつい笑顔になってしまった。

「『ほ』文字の『り』文字」とは、堀河院の最初の二文字「ほり」で、これだけで堀河院を意味する。彼は崩御の五日後に「堀河院」と追号されたので、鳥羽天皇は父をその名で呼んだのである。こうした「〜文字」という婉曲表現は一般に「女房詞《ことば》」と呼ばれ、現代語でも杓子を呼ぶ「しゃもじ」やカツラを呼ぶ「かもじ」などの語に残っている。「堀河院」と呼ばず遠まわしの呼び方をしたのは、鳥羽天皇が六歳と幼かったからだろうか。それとも故人に配慮して、露骨に名を呼ぶことを避けたのだろうか。いずれにしても、鳥羽天皇は幼いながらに長子の喪失感を見て取っていたのだった。壁の痕跡を見た最初は、それが堀河院の貼った楽譜の跡だということを、鳥羽天皇は知らなかったに違いない。だが長子が涙ぐんだ時、鳥羽天皇は少なくとも、それが何か父の生前の痕跡であることを感じ取ったのである。だから、長子の顔をじっと見た。そして父の名を口にした。

思えば鳥羽天皇も幼くして父を亡くしたのだから、抱えた痛手は測り知れない。長子と鳥羽天皇は、等しく激しい喪失感を抱く者同士だった。長子は一人ではなかった。六歳の鳥羽天皇と心が触れ合って、長子は笑った。それは『讃岐典侍日記』に記される限り、再出仕してこのかた初めての笑みだった。

長子は、堀河院の生きた痕跡を鳥羽天皇と分かち合うことによって救われた。その時、痕跡とは「記憶」と言い換えてもよい。人はたとえ命尽きても、遺された者の記憶の中で生き続ける。堀河院は長子と鳥羽天皇二人の中で生き続けたのである。長子はこの後、女官として鳥羽天皇の傍に仕え続け、忠義を尽くした。

なお、長子については、不審な出来事が史実として伝えられている。この十一年後の永久五（一一一七）年、鳥羽天皇は藤原璋子《しょうし》と結婚し、二年後には皇子が生まれた。後の崇徳《すとく》天皇である。ところがその前年の秋から、長子は「前帝の御霊が憑いた」、つまり堀河院の託宣と称して、様々なことを口走るようになった。曰く、「私は今上天皇をお守りするため、いつも内裏にいる」、曰く「中宮（璋子）が懐妊した」、また「皇子が生まれるよう祈っていたが、事は叶うようだ。皆の者喜べ」。果たして皇子が誕生したというわけである。だが、やがて霊が長子の言うままに褒賞を行えと言い出すに至って、長子は内裏から追われることになった（『長秋記』元永二年八月二十三日）。堀河院と鳥羽天皇を一途に思う余りに、長子が妄想を抱き、異常な行動に出たということなのだろうか。鳥羽天皇は長子を信頼していたというが、祖父で治天の君として実権を握っていた白河院が院宣を下したとあっては、どうしようもなかった。以後の彼女については、杳《よう》として知れない。

長子の末路は哀れなものだったかもしれない。だが少なくとも、『讃岐典侍日記』には彼女の真実があった。『讃岐典侍日記』が記す堀河院と長子の愛、長子と鳥羽天皇の共感は、永久に変わることがない。思えばこの作品こそが、長子がこの世に遺した書置きとなったのだ。

引用作品・参考文献

第1・2章　牛車1・2

『枕草子』新編日本古典文学全集、小学館、一九九七
『大鏡』新編日本古典文学全集、小学館、一九九六
『うつほ物語』新編日本古典文学全集、小学館、一九九九
『落窪物語』新編日本古典文学全集、小学館、二〇〇〇
『源氏物語』新編日本古典文学全集、小学館、一九九五
櫻井芳昭『牛車』法政大学出版局、二〇一二
京樂真帆子『牛車で行こう！　平安貴族と乗り物文化』吉川弘文館、二〇一七
津島知明『枕草子論究　日記回想段の〈現実〉構成』翰林書房、二〇一四
土方洋一『枕草子つづれ織り』花鳥社、二〇二三

第3・4章　築地1・2

『日本紀略』新訂増補国史大系、吉川弘文館、一九八〇
『和泉式部日記　現代語訳付き』角川ソフィア文庫、角川学芸出版、二〇〇三
『枕草子』新編日本古典文学全集、小学館、一九九七
『源氏物語』新編日本古典文学全集、小学館、一九九五
『伊勢物語』新編日本古典文学全集、小学館、一九九四

『栄花物語』新編日本古典文学全集、小学館、一九九七
『餓鬼草紙』日本の絵巻、中央公論社、一九八七
山本雅和「平安京の街路と宅地」（西山良平・藤田勝也編著『平安京の住まい』京都大学学術出版会、二〇〇七）
岸熊吉『日本門牆史話』大八州出版、一九四六
西山良平『都市平安京』京都大学学術出版会、二〇〇四
川村裕子『はじめての王朝文化辞典』角川ソフィア文庫、KADOKAWA、二〇二二
今西祐一郎「『伊勢物語』異見」『語文研究』六〇、一九八五
朧谷寿『藤原道長　男は妻がらなり』ミネルヴァ書房、二〇〇七

第5・6章　橘1・2

『源氏物語』新編日本古典文学全集、小学館、一九九六
『枕草子』新編日本古典文学全集、小学館、一九九七
『和漢朗詠集』新潮日本古典集成、新潮社、一九八三
『日本書紀』新編日本古典文学全集、小学館、一九九四
『万葉集』新編日本古典文学全集、小学館、一九九五・九六
『続日本紀』新日本古典文学大系、岩波書店、一九八九
『古今和歌集』新日本古典文学大系、岩波書店、一九八九
『伊勢物語』新編日本古典文学全集、小学館、一九九四
『和泉式部日記　現代語訳付き』角川ソフィア文庫、角川学芸出版、二〇〇三
『篁物語』日本古典文学大系、岩波書店、一九六四
『うつほ物語』新編日本古典文学全集、小学館、一九九九

内閣府ホームページ　勲章の種類
https://www8.cao.go.jp/shokun/shurui-juyotaisho-kunsho/bunkakunsho.html
寺川真知夫「『万葉集』の橘――その表現の展開――」『同志社女子大学日本語日本文学』七五、一九九五年十月
片桐洋一『古今和歌集全評釈』講談社、一九九八
竹内正彦「五月まつ花橘の明石の君――『若菜下』巻の女楽におけるその表現をめぐって――」『人物で読む『源氏物語』第十二巻――明石の君』勉誠出版、二〇〇六
奥村和美「大伴家持の『橘歌』――引用と寓意と――」『文学』隔月刊第一六巻・第三号、二〇一五年五―六月
三田村雅子・中村祥二対談「王朝の香り」国際香りと文化の会『VENUS』一二号、二〇〇〇年十二月
『日本大百科全書』小学館、一九九四・九七
小松英雄「和歌表現の包括的解析『さつき待つ花橘』の和歌を対象にして」『駒沢女子大学 研究紀要』第三号、一九九六

第7・8章　犬1・2

『年中行事絵巻』日本の絵巻、中央公論社、一九八七
『春日権現験記絵』続日本の絵巻、中央公論社、一九九一
『病草紙』日本の絵巻、中央公論社、一九八七
『餓鬼草紙』日本の絵巻、中央公論社、一九八七
『小右記』大日本古記録、岩波書店、一九七三・七六
『御堂関白記』大日本古記録、岩波書店、一九五二・五四
『今昔物語集』新編日本古典文学全集、小学館、二〇〇〇・〇一
『枕草子』新編日本古典文学全集、小学館、一九九七
『大鏡』新編日本古典文学全集、小学館、一九九六

『宇治拾遺物語』新編日本古典文学全集、小学館、一九九六
『源氏物語』新編日本古典文学全集、小学館、一九九四
『うつほ物語』新編日本古典文学全集、小学館、二〇〇一
佐藤孝雄　縄文人はなぜイヌを埋葬したか
　トイ人　https://www.toibito.com/column/humanities/archaeology/1050
小宮孟『イヌと縄文人　狩猟の相棒、神へのイケニエ』吉川弘文館、二〇二二
谷口研語『犬の日本史　人間とともに歩んだ一万年の物語』吉川弘文館、二〇一二
坂本信道「古代童名一覧稿」九州大学『文獻探究』三九、二〇〇一年三月「犬公の名前――物語の童名――」『女子大國文』一二七号、二〇〇〇年六月
繁田信一『庶民たちの平安京』KADOKAWA、二〇一四（電子版）

第9・10章　泔1・2

『枕草子』新潮日本古典集成、新潮社、一九七七
『有識故実大辞典』吉川弘文館、一九九六
『九条右丞相遺誡』日本思想大系『古代政治社会思想』岩波書店、一九七九
『御堂関白記』大日本古記録、岩波書店、一九五四
『落窪物語』新編日本古典文学全集、小学館、二〇〇〇
『源氏物語』新編日本古典文学全集、小学館、一九九五・九六・九八
『蜻蛉日記』新編日本古典文学全集、小学館、一九九五
『うつほ物語』新編日本古典文学全集、小学館、二〇〇一
京都学園大学二〇一七年卒業生　真栄田かおりさんの授業発表

鶴橋康夫監督「源氏物語　千年の謎」角川映画、東宝配給、二〇一一

第11・12章　御帳台1・2

『枕草子』新編日本古典文学全集、小学館、一九九七
『後拾遺和歌集』新日本古典文学大系、岩波書店、一九九四
『古今和歌集』新日本古典文学大系、岩波書店、一九八九
『紫式部日記　現代語訳付き』角川ソフィア文庫、角川学芸出版、二〇一〇
『源氏物語』新編日本古典文学全集、小学館、一九九五・九六
（図）御帳台【帳台・帳代・丁台】「日本国語大辞典」https://auth.japanknowledge.com/
『有識故実大辞典』吉川弘文館、一九九六
国民健康・栄養調査14　身長・体重の平均値及び標準偏差－年齢階級、身長・体重別、人数、平均値、標準偏差－男性・女性、1歳以上〔体重は妊婦除外〕一統計表・グラフ表示一政府統計の総合窓口
https://www.e-stat.go.jp/dbview?sid=0003224177
鈴木尚『日本人の骨』岩波新書、一九六三
五島邦治監修、風俗博物館編集『六條院へ出かけよう』光村推古書院、二〇〇五
倉本一宏『一条天皇』吉川弘文館、二〇〇三
京都市埋蔵文化財研究所『京都市埋蔵文化財研究所発掘調査報告　二〇一五－六　平安宮内裏跡・聚楽第跡』二〇一五
武田早苗「最期を演出した女性――一条帝皇后、藤原定子の遺詠三首をめぐって――」〔平田喜信編著『平安朝文学　表現の位相』新典社、二〇〇二〕

第13・14章　扇1・2

『古事記』新編日本古典文学全集、小学館、一九九七
『年中行事絵巻』日本の絵巻、中央公論社、一九八七
『枕草子』新編日本古典文学全集、小学館、一九九七
『大和物語』新編日本古典文学全集、小学館、一九九四
『文選』新釈漢文大系、明治書院、一九六四
『後撰和歌集』新日本古典文学大系、岩波書店、一九九〇
『紫式部日記　現代語訳付き』角川ソフィア文庫、角川学芸出版、二〇一〇
『源氏物語』新編日本古典文学全集、小学館、一九九四
『和泉式部集』岩波文庫、岩波書店、一九八三
『平安時代史事典』角川学芸出版、二〇〇六（CD-ROM版）
『有職故実大辞典』吉川弘文館、一九九六
南波浩「平安朝文学における『扇』をめぐる問題」奈良女子大学『叙説』一九七九年十月
『源氏物語湖月抄（上）増注』講談社学術文庫、一九八二
清水婦久子『光源氏と夕顔――身分違いの恋――』新典社新書、二〇〇八

第15・16章　物への書き付け1・2

『伊勢物語』新編日本古典文学全集、小学館、一九九四
『源氏物語』新編日本古典文学全集、小学館、一九九五
『律令』日本思想体系、岩波書店、一九七六

『権記』増補史料大成、臨川書店、一九六五
『枕草子』新編日本古典文学全集、小学館、一九九七
『能宣集』新編国歌大観　第七巻、角川書店、一九八九
『和泉式部続集』新編国歌大観　第三巻、角川書店、一九八五
『大和物語』新編日本古典文学全集、小学館、一九九四
『源氏物語』新編日本古典文学全集、小学館、一九九六
『讃岐典侍日記』新編日本古典文学全集、小学館、一九九四
『長秋記』増補史料大成、臨川書店、一九六五
原豊二「『書きつける』者たち――歌物語の特殊筆記表現をめぐって――」『日本文学』六五巻五号、二〇一六
片桐洋一『伊勢物語全読解』和泉書院、二〇一三
京都市埋蔵文化財研究所『京都市埋蔵文化財研究所発掘調査報告　二〇一一-九　平安京右京三条一坊六・七町跡――西三条第（百花亭）跡――』京都市埋蔵文化財研究所、二〇一三
土方洋一「秘事伝承とその成長――『伊勢物語』の周辺――」『日本文学』五六巻五号、二〇〇七
「京で最古？「鬼門除け」」『京都新聞』二〇二一年六月二五日朝刊掲載
京都市埋蔵文化財研究所「京都市指定文化財「長岡京東南境界祭祀遺跡出土墨書人面土器」の展示を開始しました。」https://www.kyoto-arc.or.jp/blog/jp-res-info/965.html
京都市埋蔵文化財研究所・京都市考古資料館　発掘ニュース5（リーフレット京都　No.二七、一九九一年四月）
堀淳一「家を祀る言葉――真木柱姫君の詠歌の意味（その一）」・「家を祀る童女――真木柱姫君の詠歌の意味（その二）」『源氏物語の鑑賞と基礎知識　真木柱』至文堂、二〇〇四

引用作品概要（50音順）

和泉式部集（いずみしきぶしゅう）

平安中期の私家集。平安期を代表する女流歌人・和泉式部（生没年不詳）の家集。五種類が伝わるが、うち『和泉式部正集』『和泉式部続集』は成立の経緯や内容の面で和泉式部自身との関わりが特に深く、和泉式部の日常生活で詠んだ和歌、知人等との贈答、自身の編纂によるまとまった歌群などを収める。詞書と和歌により和泉式部の人と人生を辿る重要な資料。

和泉式部日記（いずみしきぶにっき）

平安中期の日記文学。多数の写本で『和泉式部物語』と題されていることからは、物語とも。作者は不詳だが、和泉式部との説が有力。長保五（一〇〇三）年四月から六（一〇〇四）年正月にかけて、恋人の為尊親王を喪った和泉式部が親王の弟の敦道親王との恋に落ち、親王の家に入る一方、妻が出ていくまで。一四五首の和歌を織り交ぜつつ、大人の恋を綴る。

伊勢物語（いせものがたり）

平安中期の歌物語。作者不詳。在原業平らしき男の元服から死までを、和歌と簡潔な文章による一二〇段前後の短い章段で綴る。業平以外の和歌作品や逸話も含むのは、成立の過程で増幅されたためと思われる。業平と藤原高子や伊勢斎宮との恋、惟喬親王との主従関係や、親族や友人との関係における心の触れ合いなど、人の情愛を中心に描く。『古今和歌集』『源氏物語』と並び中世公家文化の基礎知識に。

宇治拾遺物語（うじしゅういものがたり）

鎌倉時代初期の説話集。源隆国（一〇〇四〜一〇七七）が宇治で採録した説話集『宇治大納言物語』（現在は散逸）をもとに後人が物語を付加したものと「序」に記すが詳細は不明。一九七話から成り、身分階級は天皇・貴族から庶民まで、時代は紀元前の古代から、舞台も朝鮮半島や天竺の話題を含み、内容もバラエティに富む。

うつほ物語（うつほものがたり）

平安中期の長編物語。作者不詳。『源氏物語』の中で比較的新しい物語として扱われており、一〇世紀中葉の成立か。清原俊蔭が遣唐使船の難破先で琴の秘曲を伝授される話に始まり、その娘と貴公子との間に生まれた主人公・仲忠が山中のうつほ（木の洞《うろ》）で育つ話、とにかく求婚者の多いヒロインあて宮の結婚話、仲忠は恋に敗れるもやがてその娘が琴の秘曲で人々を魅了する大団円まで、音楽を縦糸に恋と政治のテーマを絡めた壮大なストーリー。

栄花物語（えいがものがたり）

平安中期の歴史物語。『世継物語』とも。正編三〇巻と続編一〇巻とから成る。編年体で、正編は宇多・醍醐朝〜万寿五（一〇二八）年、藤原氏特に道長の栄華への過程と死までを描く。貴族社会の冠婚葬祭と権力の動向に取材しつつ人々の思いを盛り込む、物語的な歴史観と制作技法による。きわめて道長やその家族に近い女房が作者と思われ、赤染衛門が擬されている。続編は長元三（一〇三〇）年〜寛治六（一〇九二）年、道長の死以降を描き、正編とは別の作者による。

大鏡（おおかがみ）

院政期頃成立の歴史物語。作者不詳。一九〇歳と一八〇歳の老人たちが見聞きしてきた世を語り、居合わせた作者がそれを書き留めたという形式をとる。『史記』に倣う紀伝体（人物中心の歴史叙述）により、文徳天皇〜後一条天皇の各天皇の「帝紀」、ついで藤原冬嗣〜道兼の藤原氏の「列伝」、さらに最も長く「道長伝」を記す。エピソード主体で、場面を生き生きと描きつつ、人々の権力欲をエネルギッシュに綴る。

落窪物語（おちくぼものがたり）

平安中期の長編物語。作者不詳。父と北の方（正妻）家族の家で、腹違いの娘のため床の落ちくぼんだ部屋をあてがわれ虐待されている主人公・落窪姫が、貴公子と結ばれ愛と家族と富と名誉を得るシンデレラストーリー。夫となる貴公子・道頼は、落窪姫だけを一筋に愛する理想の男性で、彼女を苦境から救い出し、北の方への復讐もやってのける。排泄物を小道具に盛り込んだいわゆるスカトロジーや、アクションシーン、お笑いなど、通俗的な面白さを存分に盛り込んだエンターテインメント。

蜻蛉日記（かげろうにっき）

平安中期の日記文学。作者は道綱母。女性による最初の回顧録（手記）。内容年次は天暦八（九五四）年〜天延二（九七四）年。夫・藤原兼家との結婚生活を赤裸々に綴る。兼家が並外れた艶福家で作者は正妻ではなかったため、苦悩を作品にぶつけ、「あるかなきかの心地する『蜻蛉の日記』」（上巻末）と自ら命名。が、兼家や同時代の社会からは、和歌の達者である作者による、兼家・道綱・作者一家の家集的作品と認識されていたとも指摘されている。

源氏物語（げんじものがたり）

平安中期の長編物語。作者は紫式部。帝の子だが皇族になれなかった主人公・光源氏は、天賦の超人的恋愛力で恋を繰り返し、父のキサキとの密通で生まれた不義の子により皇族に成り上がる。が、中年後に結婚した若妻に密通され我が世界の虚飾を痛感、魂の救済を出家に求める。光源氏の死後は、子孫たちが煩悩多き衆生の人生をさまよう。驚きのストーリー展開、深い人間洞察、華麗な場面描写、史実にも取材したリアリズムで成立直後から宮廷の人気を得る。中世以降は、公家和歌文化に不可欠な基礎知識とされた。

古今和歌集（こきんわかしゅう）

最初の勅撰和歌集。延喜五（九〇五）年頃の成立。醍醐天皇の命により、紀貫之・紀友則・凡河内躬恒・壬生忠岑が撰者を務めた。二〇巻、約一一〇〇首。当時知られていた名歌を選び、四季・恋などテーマごとに編集。時を追って展開する自然の風物や恋の諸相を、歌による絵巻のように並べた。勅撰は、日本の土着文芸だった和歌に中国発の漢詩と同等の地位を与えることを意味し、政策としての「国風文化」が顕著。以後、皇室・公家文化の聖典的作品となる。

江談抄（ごうだんしょう）

院政期の説話集。大江匡房（一〇四一～一一一一）の談話を藤原実兼ほかが筆録したもの。作中の匡房の言葉によれば、院政期を代表する文人であった匡房が、隠居を決心して、大江家の学問に関する秘事などを語り置いたもの。内容は漢詩文の知識や儀式・行事の次第などの先例・故実、また貴族社会に伝わる噂話も含む。

後拾遺和歌集（ごしゅういわかしゅう）

四番目の勅撰和歌集。応徳三（一〇八六）年成立。白河天皇の命により、藤原通俊が撰者を務めた。二〇巻、約一二〇〇首。全和歌数の三〇％が女性歌人の和歌であることが大きな特徴で、全歌人中最多の六七首が収められる和泉式部を始め、一条朝に女流文学者たちが活躍した宮廷文芸の盛況を反映している。

権記（ごんき）

一〇世紀末～一一世紀初頭の古記録。藤原行成（九七二～一〇二七）の日記。現在伝わるのは正暦二（九九一）年から寛弘八（一〇一一）年までの分。行成は一条天皇に蔵人頭として親しく仕えたので、日記の内容からは、天皇と中宮定子、また中宮彰子をめぐる宮廷の動向を、天皇の感情にまで肉薄して知ることができる。平安中期の官人がいかに勤勉で多忙であったかを知ることができる日記でもある。

今昔物語集（こんじゃくものがたりしゅう）

平安末期の説話集。一一三〇年頃の成立か。もと三一巻（現存二八巻）、一〇〇〇以上の説話を収めている。作者・編者は不詳。漢字・カタカタ書きで、各説話は「今ハ昔」で始まり、「ト（または此ク）ナム語リ伝ヘタルトヤ。」で終わる。巻毎に「本朝　仏法」「本朝　霊鬼」など舞台とテーマを同じくする説話が収められている。内容は天竺（インド）・震旦（中国）・本朝（日本）の三国にわたり、登場する人々も菩薩・天皇から庶民まで幅広い。院政期貴族の興味関心の広さを知ることができる壮大な説話集。

讃岐典侍日記（さぬきのすけにっき）

平安末期の日記文学。作者は堀河天皇と鳥羽天皇に仕えた讃岐典侍（藤原長子）。内容年次は嘉承二（一一〇七）年から天仁元（一一〇八）年。上下巻から成り、上巻は作者と愛情関係にあった堀河天皇の病臥から崩御までを克明に記す看取りの記、下巻は鳥羽天皇に仕えつつ堀河天皇を懐旧する宮廷回顧録。大切な存在を喪失した作者の悲嘆と、哀悼を抱きつつ堀河天皇との日々が過去になりゆく実感とが正直に記される。病床で我が死を受け入れられず苦しむ人間・堀河天皇のリアルな姿が胸を打つ。

拾遺和歌集（しゅういわかしゅう）

三番目の勅撰和歌集。成立は寛弘二（一〇〇五）年～四（一〇〇七）年頃。花山法皇の命により、撰者は法皇親撰（自らの撰歌・編集）とも、藤原公任、藤原長能、源道済、大中臣能宣らが関わったともされている。二〇巻、約一三〇〇首。紀貫之と柿本人麻呂の和歌がそれぞれ一〇〇首以上収められ、圧倒的に多い。『古今和歌集』『後撰和歌集』と共に「三代集」と称せられる。

小右記（しょうゆうき）

平安中期の上級貴族・藤原実資（九五七～一〇四六）の日記。天元五（九八二）年から長元五（一〇三二）年までの約五〇年分が現存するが、本来は実資二十二歳の天元元（九七八）年から八十四歳の長久元（一〇四〇）年まで書き続けられた。実資の几帳面な性格、子孫に儀式次第や朝廷の先例を正しく伝えようとする思い、藤原氏嫡流の小野宮家としての自負心などにより、記述態度は微細に及ぶ。また、藤原道長や天皇など権力中枢に対しても、時と場合により歯に衣を着せぬ批評が記されており、同時代の貴族社会を知る一級資料。

篁物語（たかむらものがたり）

平安中期～鎌倉時代の物語。和歌を多く含み『小野篁集』と題された写本も。作者・成立年代ともに不明。平安前期の文人・政治家である小野篁（八〇二～八五二）を主人公に、腹違いの妹との悲恋を描く。『古今和歌集』「哀傷」巻冒頭に小野篁が妹を亡くして悲しむ悲痛な和歌が収められており、そこからヒントを得たものか。稀代の物知り、冥界の官人など独特の伝承を持つ篁らしく、妹は懐妊中に親の反対で亡くなるも、やがて亡霊として出現する。

日本書紀（にほんしょき）

奈良時代初期の歴史書。『日本紀』とも。養老四（七二〇）年成立。舎人親王らの撰による。律令国家として編纂した日本最初の〈正史（朝廷による歴史書）〉。全三〇巻で、一・二巻が神代、三巻以降が神武天皇朝から持統天皇朝まで。出来事を選び時系列で並べる「編年体」を取り、文体は漢文。内容は『古事記』と重なるところも多い。古代は資料に乏しく、史実としての確実性が高いのは天武朝・持統朝。平安時代には既に読み方がわかりにくくなっており、朝廷の主催による講義の会が繰り返し行われた。

枕草子（まくらのそうし）

平安中期の和文集。のちに「随筆」とされる。作者は清少納言（九六六？～？）。長徳二（九九六）年～寛弘六年（一〇〇九）頃を中心に執筆されたか。二五〇余りの章段から成り、内容は「～は」「～もの」で始まる類聚章段、主に定子後宮での思い出を記す日記的章段、物事を心のままに綴る随想章段に大別される。中宮（皇后）定子の悲劇的没落に甘んじることなく、その後宮の文化を生き生きと写し取り、後代に遺すことを目的に制作された。

万葉集（まんようしゅう）

現存最古の歌集。ほぼ飛鳥時代～奈良時代（七～八世紀）の和歌を収めているが、成立の時期・撰者共に不明。『古今和歌集』仮名序に名前の見えることから、一〇世紀初頭には流布していたことが知られる。二〇巻、約四五〇〇首。全巻が一度に成立したのではなく、勅撰集として着手されたものを母体に他の歌集が合体されたかと見られ、その過程には最終的に大伴家持が大きく関わると考えられる。長歌、短歌、旋頭歌など多様なスタイルの和歌を含む。いわゆる万葉仮名で記されているが、平安時代には解読困難となり、清原元輔ら「梨壺の五人」が公的事業として解読にあたった。

紫式部日記（むらさきしきぶにっき）

平安中期（一一世紀初頭）の日記文集。紫式部の作。成立は寛弘七（一〇一〇）年。内容年次は寛弘五（一〇〇八）年秋～同七（一〇一〇）年正月。一条天皇の中宮である彰子に仕えた紫式部が後宮での晴事や日常、自分自身の思いなどを綴ったもの。彰子の第一子出産前後の克明な記事を含むことから、命を受けて記録として取材・執筆したと思われるが、一方で紫式部の私的な憂愁なども含み、段階的に現在の形になったと思しい。清少納言への酷評、紫式部が漢詩文素養を身につけた経緯、藤原道長との微妙な関係などの内容が知られる。

大和物語（やまとものがたり）

平安中期の歌物語。約一七〇の小話から成る。成立の時期や編者は不明。口伝えされた和歌とその成立秘話（歌語り）をまとめたもので、『伊勢物語』のような中心的主人公や一貫したテーマはない。宮廷における優雅な行事や恋愛スキャンダルが多いが、「芦刈」「生田川」など地方を舞台にした説話も含まれる。また、説話を題材に人々が和歌を詠んだことも記され、当時の物語の享受の様子がうかがわれる。

能宣集（よしのぶしゅう）

平安中期の私家集。歌人で「梨壺の五人」の一人である大中臣能宣（九二一〜九九一）の自撰和歌集。自ら記す序に「今上花山聖代、また勅ありて…」とあることから、花山天皇の在位した永観二（九八四）年から寛和二（九八六）年の間に、天皇の命によって制作されたもの。勅撰集（拾遺和歌集）編纂の材料とされたと思われる。詳細な詞書から能宣の人間関係や生活のリアルな様子がうかがわれる。

平安京

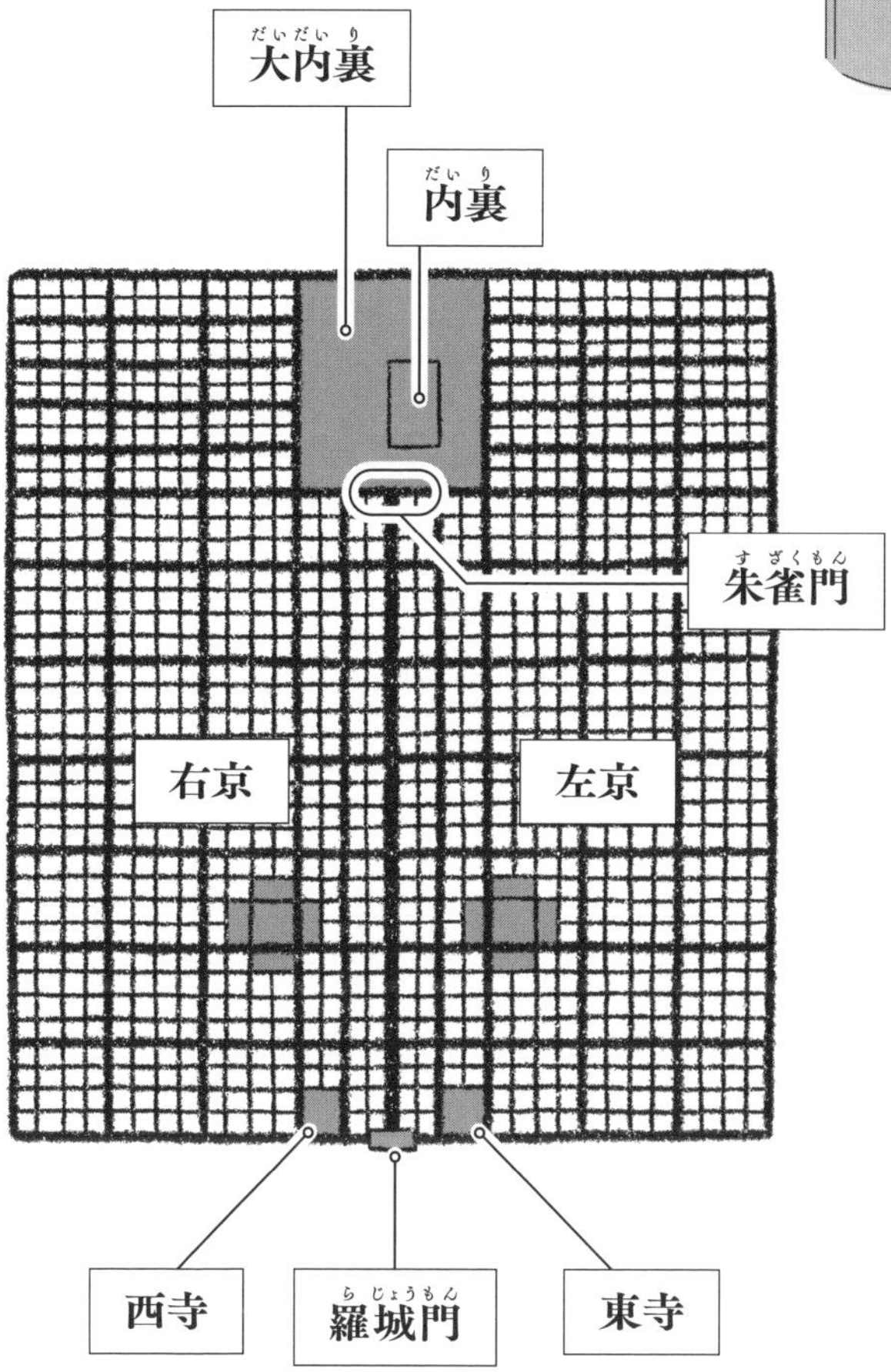

大内裏

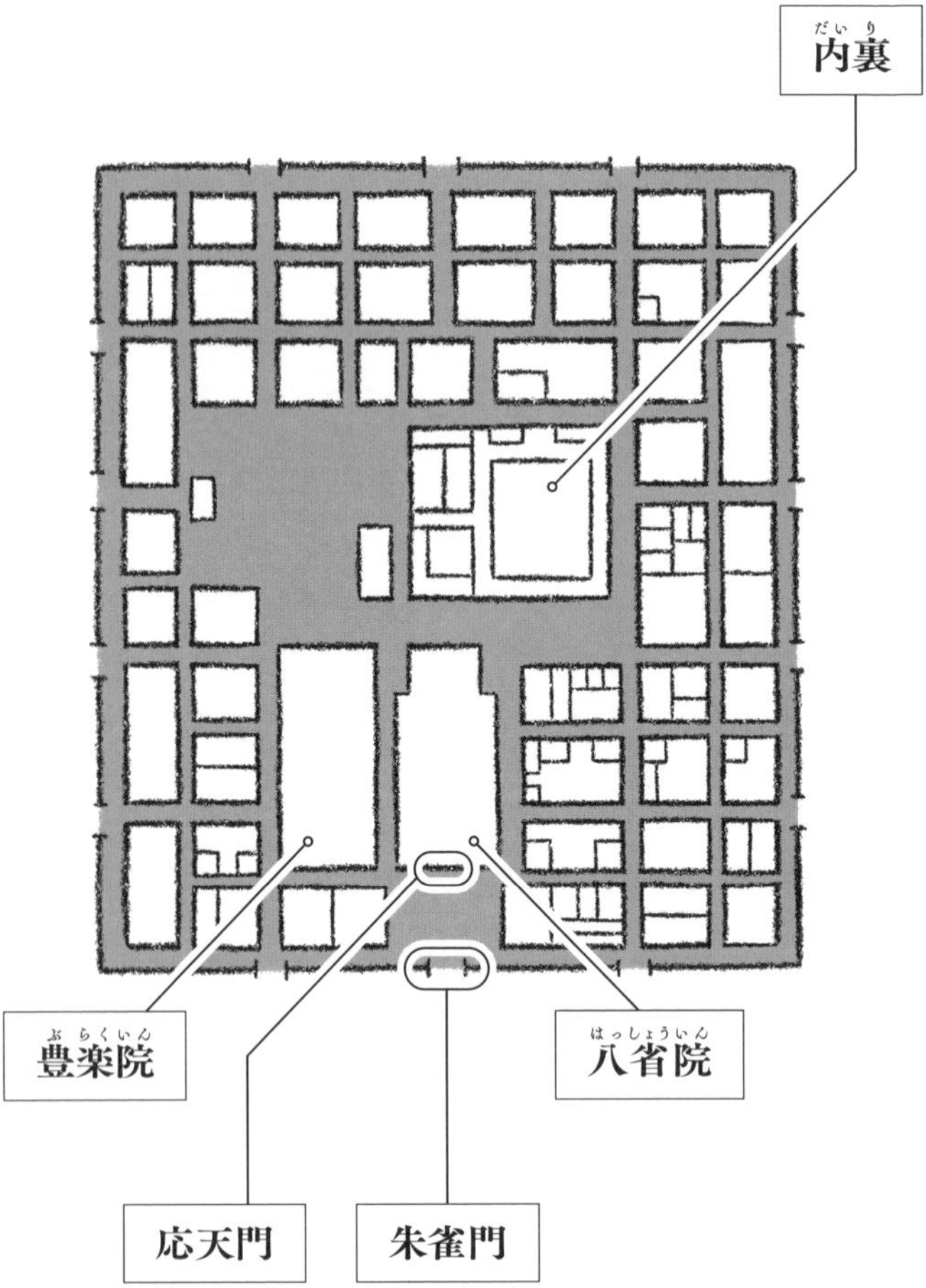

内裏

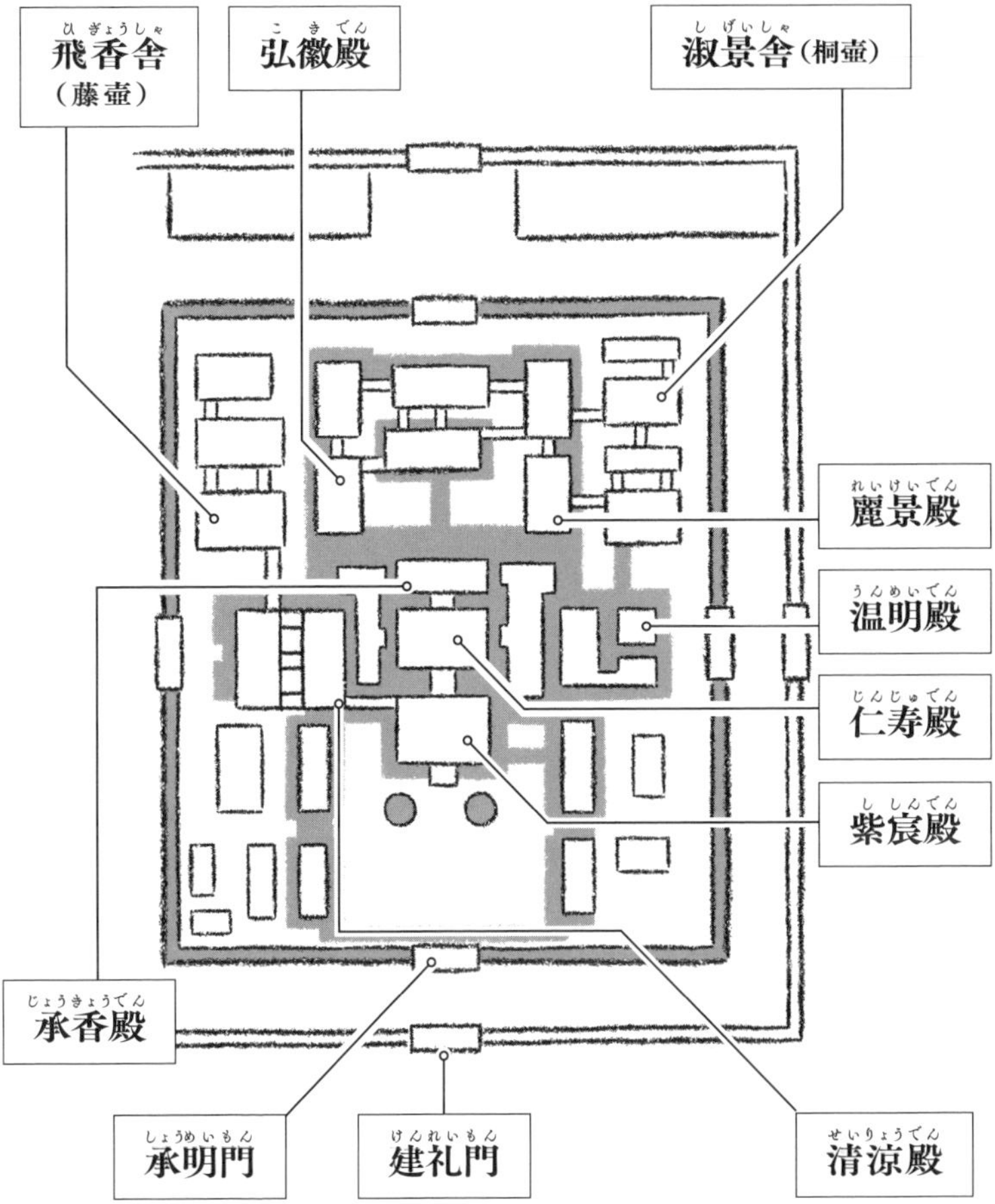

飛香舎《ひぎょうしゃ》
（藤壺）
弘徽殿《こきでん》
淑景舎《しげいしゃ》（桐壺）
麗景殿《れいけいでん》
温明殿《うんめいでん》
仁寿殿《じんじゅでん》
紫宸殿《ししんでん》
承香殿《じょうきょうでん》
承明門《しょうめいもん》
建礼門《けんれいもん》
清涼殿《せいりょうでん》

あとがき

古典文学における「物」について初めて深く考えたのは、二十年ほど前のことになります。その頃『紫式部集』に没頭していた私は、紫式部が職場の親友・小少将の君の手紙を彼女の死後にふと見つけたというくだりに目がひきつけられました。紫式部はその折に二首の歌を読んでおり、うち一首が次のものです。

誰か世に　ながらへて見む　書きとめし　跡は消えせぬ　形見なれども

人の世を永久に生きてこのこの文を見続けることなど、誰ができよう。彼女が書きとめた筆の跡は、消えることのない形見なのに（『紫式部集』六五番）

形見とは、不在の人を偲ぶよすがとなる物で、それを「見る」ことによってその人の「形」

が浮かぶことからこの字があてられました。しかし紫式部は親友の手紙という形見を見て、今それを見ている自分がいつかはいなくなることを思ったのです。私はその思考に打たれて小さな論文を書き、中に次のように記しました。

見るべき人に見られなくなった「形見」は、それに関わった二人の関係性の骸である。消えせぬことが物の宿命なら、形見はその宿命を、骸として漂い続けなくてはならないのだ。

（「形見の文――上東門院小少将の君と紫式部――」『日本文学』二〇〇二年十二月）

紫式部は大切な人を度々亡くしており、彼女のもとには多くの「形見の文」がありました。それらの形見をただの骸として遺すことの無念。それが紫式部に『紫式部集』を制作させたと私は考えました。詞書を添えて和歌集に載せることで、和歌たちが新たな命を付与され、時空を超え見知らぬ人の心に生き続けるように。和歌を書いた旧友も夫も紫式部自身も、人々のなかで生き続けるように。それは紫式部の祈りだったと思います。

笠間書院の糸賀さんから本書の企画を受けて執筆しながら、ずっと私の心にあったのは、このことでした。古典文学のなかに書かれた物には、祈りが込められている。子供の顔を描いた瓜、消し墨で愛の思いを書きつけた盃、それらは作品に書かれることによって千年の命を得、私たちに届いた。奇跡ではないか。ならば、それぞれにこめられた思いを大切に誰かに届けたい。そう思って物たちを選び、ささやかな解説を施しました。楽しんでいただければ、筆者としてこれ以上の幸福はありません。

素敵な企画を提案して下さった編集者の糸賀さん、著者の何度にもわたる修正を寛容に受け入れて生き生きとしたイラストを描いてくださった白井匠さん、諸々のご理解とご尽力を下さった笠間書院に感謝します。そして、本書を手に取り読んで下さったあなたに、心より感謝しています。気が向けば何度でも読み返して下さい。本書の文章越しに、いつでも一緒に楽しく語り合いましょう。

二〇二二年秋　　　　　紅葉の嵯峨野にて　著者しるす

山本淳子

京都先端科学大学教授。京都大学文学部卒業。高等学校教諭等を経て、1999年、京都大学大学院人間・環境学研究科博士課程修了。京都学園大学助教授等を経て、現職。『源氏物語の時代』(朝日選書、2007)でサントリー学芸賞を受賞する。他の著書に『枕草子のたくらみ』(朝日選書、2017)など。

古典モノ語り

2023年1月5日　初版第1刷発行

著者……山本淳子
イラスト……白井匠
発行者……池田圭子
発行所……笠間書院
〒101-0064
東京都千代田区神田猿楽町2-2-3
電話03-3295-1331
FAX03-3294-0996

ISBN 978-4-305-70978-3

アートディレクション……細山田光宣
装幀・デザイン……鎌内文（細山田デザイン事務所）
本文組版……STELLA
印刷／製版……平河工業社